大義の末

新装版

城山三郎

角川文庫
22249

目次

大義の末

君主主義についてはふれまい、
この言い得ないもの——政治の神。
（「戦没学生の手記」より）

第一部

柿見の家の納戸には、本を容《い》れたいくつかのリンゴ箱がある。節穴の多いその箱の一つに、杉本五郎中佐著『大義』がしまわれていた。中学時代、若い体操教師の高橋がすすめたものだったが、その頃の柿見たちの胸にりんりんと迫るものがあり、「汝、我を見んと要せば尊皇に生きよ。尊皇精神のある処、常に我在り」にはじまるいくつかの節を暗誦《あんしょう》したこともあった。復員後さまざまの噂におそれ、戦争をめぐる大ていの本は処分したのだが、これだけは、そのときなお愛着深く、ほこりを吹くと、そのまま箱の底深く戻しておいた……。

　予科練《よかれん》を志望した彼は、予科練行きに反対の父に『大義』を読ませようと、夕餉《ゆうげ》の座に持ち出したことがあった。ゆっくり目次を見た父は、うすく笑いながら、黙ってそれを彼の手に戻した。

「ここに置くから、読んでおいてよ」と荒い声で言って、その本を父の座机にのせておいたのだが、本はそのままほこりをかむって柿見の心を苛立《いらだ》たせるばかりであった。

しかしその父も柿見の入隊に先立って、技官として南方に徴用されることになり、その出発の朝「陛下の御為、命を捧《ささ》げて働いて参ります」と挨拶《あいさつ》し、柿見の心を一度に明るく開いてくれた。型通りの言葉ではあったが、それを型通りに言ってくれたことで、柿見は安心し、誇らしい気持で旗の波や、白いエプロンの列を眺め返すことができた。好きな父、そして立派な父――と、そのときの父の姿を何よりのはなむけに、やがて柿見自身も勇んで発《た》つことができたのだが、その言葉通り、父はふたたび帰っては来なかった。

柿見は父の挨拶から、大人たちへの信頼をなお深めた感じがした。だがこの信頼は、皮肉なことに彼が予科練へ入隊したその夜の軍用列車の中で先《ま》ずゆすぶられることになった――。

一

深い眠りの中から柿見は肩をつかんでひき起された。ひき起されながらも眼が開けなかった。

前夜ほとんど眠れなかったところへ、朝から旗の波につつまれての昂奮《こうふん》、十数時間乗りつづけの旅疲れが重なって、すべての神経の目が潰《つぶ》れ、泥深い眠りに落ちこんでいたのだ。肩をつかんでゆすぶられているのだが、体の重みは座席へ吸い寄せられていて、肩の警報が少しも体中の細胞にしみて行かない。

うすく開いた瞼《まぶた》の中に、黄ばんだ風景が映り出した。耳には、はげしい怒声が聞えてくる。肩にかかる力よりも、その声の荒さが柿見の睡気を突きはねた。はっと身を立て直し、力をこめて眼をみはると、大きな人影が視野を蔽《おお》っていた。声で肥田とわかった。県の兵事《へいじ》課員で入隊者たちの引率にあたっている。

「……ふざけたことをして、それで軍隊がつとまると思うか」と、また肩をゆすぶられた。柿見には何をどなられているのか見当もつかない。うろたえた眼を泳がせると、前の座席の森の眼と合った。いつも陽気にはずんでいる眼が当惑しながら、柿見を見返す。その視線に誘われ、ふと横を見て、はじめて肥田の怒声の意味がわかった。わかると同時に、柿見もまた急に体中が熱くなった。肥田を見返す眼に思わず力がこもる。

柿見と並んで腰掛けていた種村が、その座席から滑り落ち、床に片膝《かたひざ》ついていた。種村は肥田の凄《すさ》まじい語勢に立つこともできず、腰を浮かせた姿勢のまま眼を伏せている。肥田は、柿見がその種村をわざと床に突き落したと思っているのだ。柿見には全く覚えのないことであった。柿見同様深い眠りに沈んでいた種村が列車の震動か何かのはずみで、そのまま滑り落ちたにちがいないのだ。ドアにつづくその座席には、他の座席のように肘掛《ひじか》け用の腕木がない。眠りこけた体がそのまま床に転げ落ちるのは当然であった。柿見が誤解された腹立ちも手伝って、かたい口調でそう言うと、肥田は床を蹴《け》った。鋲《びょう》を打った編上靴の音が車内にひびく。

「言い逃れが効くと思うか」

額に太い筋が走った。一歩踏み出した足は、撲《なぐ》らんばかりの気勢を見せてふるえている。柿見は観念した。撲られそうな場合、観念するより仕方がなかった。だが、体が灼《や》け切れそうに腹立たしかった。肥田は柿見と同じG町に住み、戦死した柿見の父とは小学校時代からの旧友であった。その朝も、父子二代まことにG町の誇り、と送別の辞を述べてくれたばかりである。柿見の眼は、八ッ手のように大きな肥田の手に食いかかった。太陽と肥のにおいがしてきそうなその手は、指先を鍵《かぎ》の字に曲げて構えている。撲れるなら撲ってみろ、と柿見の視線が自らの熱で灼け落ちそうになったとき、

「何だ、その本は」

肥田の後から別のはげしい声がかかった。緑がかった国防色の将校服が肥田の大きな体を押しのけて現われた。中学の体操教師でやはり引率者として同乗していた高橋である。高橋の指さす先に鴇《とき》色の本が床に落ちていた。眠る前、種村はそれを膝《ひざ》にの

せていた。

「『大義』じゃないか」声と同時に高橋の手がそれをすくい上げた。大げさにほこりをはたき、

「きさま、『大義』をこんなにして……」

そのとき、本の中から一枚の写真が滑り落ちた。種村の母と妹が写っている。種村の妹ひろみの前髪を下した澄んだ顔。車内でそれを見せられたとき、柿見はしばらく手から離せなかった。稚さの交ったひろみの美しさに魅《ひ》かれてというより、その顔を写真で見ることで、そうした稚さ美しさから決定的に遠ざかりつつあるのだという感慨に、あらためてとらえられたためである。

写真は白い腹を二、三度見せて、床に舞い落ちた。ひろみの小さな顔が管制した車内灯を見上げる。種村の指があわててそれを拾い上げようとした。その指を黒い長靴が蹴った。

「女の写真をきさまは……」

「母と妹です」種村がすがるように言うのも耳に入れず、

「『大義』を何だと思ってるんだ」

「はい」種村は直立不動の姿勢になった。

「何です、『大義』ってのは」

　肥田が気の抜けた顔をはさむ。高橋はそれには答えず『大義』を掌の中で持ちかえたかと思うと、その腕を大きく背に廻《まわ》し、勢をつけて種村を撲りつけた。避ける隙もないすばやさであった。種村の頬で『大義』はかたい音を立てた。瞬間、鴇色の本がへの字に曲ったように見えた。

「杉本中佐殿にすむと思うか」

「は」種村が頬から手を外し、体をかたくすると、すかさず二撃目が左から飛んだ。種村のうすい体はよろけ、暗い床の上にふたたび倒れそうになったが、座席に肘があたって辛うじて止った。高橋は白い眼をむいて、種村の立ち直るのを待ち受ける。その眼が急に光を強めた。

「きさまは婦人雑誌を読んでた仲間だな」

　種村は細い首でうなずいた。

　ある雨の日、体操教師の高橋は柿見たちを雨天体操場に集めると、おだやかな声で

「別に何もしやしない。ただ参考までに知っておきたいのだが、『婦人倶楽部《くらぶ》』とか『主婦之友』とか婦人雑誌を読んだことのある者は手を挙げてみい。正直に手を挙げるんだ」と言った。手を挙げたのは、種村はじめ数人の生徒だった。軟派とか硬派とかふだんにらまれている連中は、顔を見合わすようにして手をあげない。おとなしく、うぶな生徒たちだけが高橋に釣り出された訳である。きんたまのある奴が女の雑誌を

読むとは怪《け》しからぬ、そんな奴こそ弾丸が飛んでくれば腰を抜かすのだ、と血の気が余って仕方のないような若い体操教師は突いたり撲ったりで残り三十分あまりの雨に降りこめられた体操の時間を荒れたのである。『大義』をすすめたのも、やはり雨に降りこめられた体操の時間であった。体操の時間が『大義』と結びついても、ふしぎに思われぬ時期であった。予備役《えき》陸軍少尉である高橋は、査閲や四大節《しだいせつ》など事あるときはきりっとした将校姿で現われる。柿見たちはスターでも見るように嘆声をあげ、高橋がなぜ教練の時間も受け持たぬのかと残念がったりした――。

「女の雑誌、女の写真と……。予科練へ行く途中になっても、まだ、くさった根性がなおらぬのか」

高橋はそこがまるでグラウンドでもあるかのように大きな声をあげた。レールのつぎ目の立てる単調な音も急に低まってしまう。入隊者たちはすっかり眼をさまし、車内は総立ちとなっていた。

「根性を入れ代えるのだ、根性を」

高橋はそう言いながら、『大義』のかたい表紙の角で、種村の眉間《みけん》を突いた。突くうち、次第に力が加わって行くのが柿見の眼にもわかった。

高橋のかげで、肥田は大きな掌にひろい上げた写真を見ていた。鼻の先の脂が写真につかんばかりに眼を寄せている。高橋はそれに気づくと、はじめて柿見の方に向き直った。何か訳のわからぬことを叫んだと思うと、『大義』で撲りつけてきた。耳もとで高い音がし、柿見もまたまともに撲られた。

「ふざけちゃならん。静かにするんだ」

高橋の声につづいて肥田も、

「安眠妨害するんじゃない。みんな大事な体だ」

『大義』を種村の胸に突きつけるようにして戻すと、二人は背を向けた。総立ちになっていた入隊者たちが、あわてて座席に沈む。

「さあ、みんな寝ろ。早く寝るんだ」

獣でも寝かせつけるような威圧的な声をふりまきながら、二人は歩いて行く。

「へん。何が安眠妨害だい。てめえらが騒ぎ立てて、みんなを起しちゃったんじゃねえか。種村が落ちたって、すぐ前のおれは眼をさましゃしねえ。柿見だってそうだろう」前の席から森が潰《つぶ》れた声で言った。「それに柿見が突き落した訳じゃあるめえ」

柿見は声を立てずにうなずいた。

「じゃ最後まで喰《く》いついてやりゃよかった。どうせ明日の朝は、おれたちはシャバの人間じゃねえ。惜しいことをしたな。おれが言ってやりゃよかった」

森はわざとらしく舌打ちした。だが、そう言う森は高橋を好いていた。硬派じみた不良たちに高橋はふしぎに人気があり、教師の高橋の方でもそういう連中に慕われることでかえって自分の株を上げているようなところがあった。

柿見が応《こた》えないでいると、森は力をこめて、

「『大義』で撲るなんて、ひでえことをしやがる」

その語調は、『大義』がそうしたことに使われた連帯責任をとがめていた。『大義』で撲った手だけでなく、撲られた柿見や種村の汚れた頬も責めているようであった。柿見もその点は同感だった。『大義』を瀆《けが》した気がした。種村の反応を横目にうかがいながら、柿見は大きくうなずいて見せた。

「この『大義』は小島からもらったんだ。小島にも済まない」

種村がつまった声で言った。小島はクラスで最初『大義』を買った熱情家だが、色弱のため、すべての陸海軍の試験を失敗していた。

「ぼくがねぼけたからいけなかったんだ……。済まぬ」

種村は顔を伏せたままつづけた。

「そうじゃない」「冗談じゃねえ。眠ってりゃ誰だって……」柿見と森の機械的に打ち消す声が重なった。

「いや、ぼくがいけなかったんだ」

種村は下唇を嚙《か》んだ。種村は思いつめるくせがある。ほぐしにかかればかかるほど、かたくなになる。その気性を知っている二人は顔を見合わせた。

車輪のひびきだけが、くずれぬ調子で伝わってくる。

「種村、ひろみちゃんの写真どうした」

森が膝をたたくようにして言った。森と種村兄妹《きょうだい》とは従兄弟《いとこ》の間柄なのだ。

「持って行かれたんだな。もらってこいよ」

種村は顔を伏せたまま応えない。

「だめだなあ……。よし、おれがもらってきてやる。高橋さんなら話がわかる筈《はず》だ」

森は立ち上った。大股《おおまた》に踏み出すとたんに、列車は転轍器《てんてつき》を通過して一度二度大きく横ゆれした。

「おっとと。これだけゆれちゃ落ちるのは当り前よ。なあ種村」

慰め顔に言い、ゆれに任せて泳ぐように歩き出した。

だが、しばらくして戻ってきた森は手ぶらであった。

「まずいんだ」と先《ま》ず吐き出すように言って、「肥田の奴、また猥談《わいだん》をはじめやがって。高橋さんもつられちゃって、昂奮《こうふん》していて返されねえんだ」

「猥談だって？」柿見は強い声で言った。腹立ちがまた戻ってきた。

「性質《たち》の悪い猥談よ。善次郎さんのことを言ってるんだ」

「善次郎さん？」

「肥田の弟、名誉の傷痍《しょうい》軍人と肥田がいつもいばっている……。ほらW大建築科出で

T建設の現場技師をしてたじゃないか」

「あ、建築技師の……」

若い有能な建築技師として故郷に戻ってきた肥田善次郎は、しばらくはG町で最も華やかな存在だった。もちろん、その華やかさは傷痍軍人となってからも形を変えて再燃していた。

「支那《しな》で鉄カブトにポンコロと迫撃砲弾の破片が当って、それから右手と左足が不自由になっているんだ」

柿見はうなずいた。肥田が陸軍病院からの外出ごとに連れてくるので、白衣姿の善次郎をG町の人はほとんど知っている。

「その不自由な体で、美人の奥さんとアレをするときの恰好《かっこう》をジェスチャまじりでやってるんだ。まるで見ていたような口ぶりだ」

「ひどい奴だ」種村がはじめてはっきりした声で言った。

「おれも善次郎さんを尊敬してるから、癪《しゃく》にさわったよ」

森もまじめな顔で応えた。父親が土建屋をしている関係から、森も彼なりに善次郎の力量を知らされているようだった。

「安眠妨害とどなった御本尊が猥談をしているのか」

柿見は唇をふるわせた。言葉を出すのさえ、腹立たしい程であった。二重にも三重にも怒りは噴き上げてくる。勝手な思いちがいで撲《なぐ》られた怒りなどは、まだ小さかった。普通の汽車旅行などではなく、入隊の途上ではないか。生きながらの神を送ることを光栄に存じます、今日からは陛下に捧《ささ》げた神聖な体、もはや指一本触れることも許されぬ、と、そうした意味のことを肥田はたしかに言ったのだ。高橋もそのことはわかっている筈だ。『大義』で撲り、そのうえに、傷痍軍人についての猥談とは――。レールを噛む車輪のひびきは、そのでたらめさを笑いつづけているようでもあった。車輪の音の合間に、肥田の席あたりから笑声が天井にはねかえる。

入隊者たちは眠りにいそいでいた。明日からは予科練生活なのだ。眠らねばならない、眠らねば、と柿見自身の心もせいている。だが眼は冴《さ》えるばかりであった。せまい血管を破らんばかりに、怒りが体中を駈《か》けている。種村も同じ思いなのか、大きく眼を開けている。膝《ひざ》の上の『大義』に視線を落しているのだが、見てはいない。森だけが腕組みすると、車輪のひびきの中でいつか寝息を立てていた。

遮光窓で閉じられた車内には管制灯の橙《だいだい》がかった黄色い灯が蒸れている。それは薄暮に通過した須磨《すま》・明石《あかし》あたりの大らかな夕映えをそのまま持ちこんだような色であった。夕陽は海を染め、太い老松の幹や、人気のない白砂を一様に濡《ぬ》らして、長い光を落していた。二度と見ることもないと思うと、体が吹き散ってしまいそうに美しかった。

車中の光はその色だけをうつしとっていたが、それはまがいものを塗りこめたように息苦しかった。退屈し切った正確さで、車輪のひびきが足を突き上げてくる。予科練へ、予科練へ、すべてを忘れなさい、と、その音はささやきかけてくるようでもあった。

二

青い尾をひいて曳光弾《えいこうだん》がうちあげられた。突入点近くの灌木《かんぼく》林が、一瞬、淡い緑色の投《と》網《あみ》をかけられたように浮き上る。攻撃開始。一班二十名の予科練習生は、はじかれたように駈け出した。

星屑《ほしくず》をちりばめた夜空は高くせまく区切られ、視野いっぱいに黒い山肌が迫ってくる。急勾配《きゅうこうばい》の岩盤を蔽《おお》って乱茂する灌木林。そのけわしい山肌めがけ、体ごと射《う》ちこまれたような勢で駈ける。朝からの訓練で疲れ切り、平衡を保つことも難しいほどの体に完全武装、着剣した三八式銃をかかえている。定まらぬ視線で、うすい闇の部分を嗅《か》ぐようにして駈ける。

最初のうちこそ、足の骨も関節も砕けよとばかり、土を蹴《け》り、石を蹴っていたのだが、いつか腰から下がとけ始め、大地がゆれ出している。駈け抜ける先に山肌は盛り上り、垂直な壁に駈け上ろうとするような感じである。その壁に向って、体を夢中で前へ前へと振っているのだ。少しでも他人より早くと、頭を地肌に打ちつけんばかりにして駈ける。おくれてはならぬ。おそければ、やり直しなのだ。体中の最後の一滴までしぼりつくした体にとって、「やり直し」がどれほど苛《か》酷《こく》な刑罰であるかを練習生たちは本能的に感じている。それは消えかかった生命の灯に自ら荒い息を吹きかけるような、目に見えたところで生命をむしばむ刑罰であった。意識の消えるまで撲られようと、腕首しばられてマストに吊《つ》り下げられようと構わない。ただ「やり直し」だけは――。

「やり直し」の罰は、おそい方から五名、十名などといった形できめられる。その罰を避けるためには、一人でも多く抜いて駈けねばならぬ。仮想敵は眼の前数百メートルの突入点にいるのではなく、抜きつ抜かれつしている練習生仲間ひとりひとりが敵なのだ。おくれてはならぬ。たとえ体中が砕け散ろうと、他人に抜かれてはならぬ。

先を争う練習生の群は、小《こ》径《みち》ひとつない岩肌の中に小さな谷間を見つけると、たちまち、そのせまい水路に殺到した。山肌よりは多少とも走りやすいのだ。茂みがふっとうすれ、夜空が姿を見せたりする。疲れた体は、武装の重み、銃の重みにふり廻《まわ》される。視野のはるか上にある筈の乳白色の天《あま》の川が、すっと足下まで下ったりする。体中の感覚がけだるく失われ、三八式歩兵銃のいやな持ち重みだけが、唯一たしかな手応《てごた》えとなってくる。海軍では三八式銃は正式には使わない筈であるが、武器不足のため、陸軍から一旦《いったん》民間に払下げられた銃がふたたび回収され、陸戦訓練に用いられていた。古いため、槓桿《こうかん》が錆《さ》びついて半分しか引けなかったり、遊底《ゆうてい》部が開かなかったりするものもある。だがそこには菊の御紋章の刻まれた跡があった。陛下の武器である。錆ひとつ、疵《きず》ひとつ加えてはならぬ。そう思うために、銃はいっそう持ち重みを増した。

　水に落ちたり、灌木にからめとられたりしながら、柿見は駈けに駈けた。苔《こけ》の生えた円い石に軍靴は滑り、茨《いばら》は生きもののように手や顔に襲いかかる。眼の前の谷間は、浅い瀬を夜目にも白くひろげて、幾人も横になっての突進を許したり、急にちぢまって、ほとんど人を通さぬほどになったりする。せまい狭間《はざま》へは少しでも他人より早く飛びこみ、通り抜けねばならぬ。

　突撃距離を半ば以上も来たと思ったとき、谷間はまたせばまった。眼の先の茂みと茂みの間は人ひとりわずかに通れそうな空間である。岩の上を飛びながら、柿見はすぐ右横に同じようにその空間めがけて飛びこもうとしている練習生の影を感じた。柿見はためらわず、むしろ、その影をはじくような勢で出る。二人はほとんど同時にそのせまい空間に飛び入った。猛烈な勢で衝突し、そのはずみで、二人とも岩の上にたたきつけられた。

とっさに銃だけを捧げたため、両手の自由をなくし、柿見は頭から岩盤に激突した。歯が高い音を立てた。その音は後頭部に抜けてきこえた。下顎《したあご》ががくがくと鳴る。倒れてまで捧げていた銃を岩にもたせ、両肘《りょうひじ》ついて身を起す。顔の下半分がしびれている。そのしびれがとけるにつれ、ひどく冷たい風を感じた。口からは生ぬるい液体が溢《あふ》れ出た。それは顎から頸《くび》に伝わらず、まっすぐこぼれ落ちて、略衣《りゃくい》に黒くしみをつくって行く。指を口に突っこむと、前歯が折れて、うつろをつくっていた。呼吸するたびに、針でも刺すように疼《うず》く。

突き当った相手は、二尺ほどの流れをへだてた大きな岩肌に倒れたままである。右脇下に抱えこんだ三八式銃の銃口が、銃の無事を高声に告げるように、闇の中に光っている。

柿見は声をかけた。返事がない。その間にも、いくつかのおそい影が、白く水しぶきを蹴《け》立てて、その狭間を駈け抜けて行く。柿見にも、倒れている男にも全く無言のまま。気付いても、声をかける間がない。おくれている彼等は、「やり直し」させられまいとの一途である。

二度目に声をかけると、うめき声がきこえた。顔をわずかに仰向《あおむ》けて柿見を見る。表情はわからぬが、声と輪郭で種村と知れた。柿見の胸は急にはげしく動悸《どうき》をうちはじめる。種村の方が衝撃が強かったらしいと、気がとがめながら、「ひどかったな」

どちらの傷ともささずに言った。種村はうなずき、また顔を伏せた。何かつぶやくがききとれず、一歩近より、かぶさるようにして問い返す。

「きみの顔が……」と言っていた。

「歯が折れた。銃をかばって、まともにぶっ倒れてな」柿見は自分でもふしぎなほど明るい声が出た。痛みとは別に、疲労や入隊以来の心の疲れが一度に拭《ぬぐ》われて行くような軽快な感じが全身にひろがって行く。「きみもそうなのか。銃をかばったのか」

「うん、菊が……あるからな」

声を出すのが、いかにも苦しそうである。柿見が肩に手をかけると、その肩が電気でも通したようにふるえた。助けてやろうとするのにと腹立ちをおさえ、わずかな空の光にすかして見ると、種村の表情は苦痛でねじまがっていた。妹のひろみと似た端整な顔が、目鼻の位置をとりちがえたように歪《ゆが》んでいる。胸がひどく痛むという。

そのとき、ターンと山峡の空気を裂いて曳光弾がうち上げられた。緑白色の光が、谷間を斜めに洗って消える。いちばん駿足《しゅんそく》な練習生が目標点に突入したのだ。

曳光弾の音にはじかれたように、種村の体がふるえた。肘を四角に張って身を起そうとする。柿見は血《ち》塗《まみ》れの手を滑らせて、その体を下から支え上げた。いたい、と一言いっただけで、呼吸が荒い。それでも種村はようやく直立した。右脇下にかかえこまれていた銃が、着剣ごと大きくゆれる。

柿見が持ちかえた手で、その銃を取ろうとすると、種村はこばんだ。自分で持って行くと言う。

二人は肩を重ね合わせるようにして歩き出した。それまで気付かなかった谷川の音が、足もとからやさしく立ち上ってくる。踵《かかと》までもない浅い渓流なのだが、急傾斜の岩から岩へと伝わってきただけあって、澄み切った音を立てている。軍靴の中にしみこむ水も冷たかった。

いろいろな虫が鳴いていた。水を分け、石を踏んで、二人の乱れた靴音が近づいて行っても鳴き止まない。螢《ほたる》なのか、蛇なのか、水ぎわに金色の鈴を光らせている虫もいた。

足もとに気を取られていると、ふいに一声啼《な》いて、黒い鳥の影が夜空を截《き》った。鳥の飛び去ったあとに、水のにおい、草のにおい、岩のにおい、人の立ち入らぬ山峡の澄んだ夜気がにおってくる。

顔のしびれは退《ひ》かず、歯はうずいた。しかし、その痛みには清らかな快感がともなっていた。銃をかばった、陛下の銃を護《まも》ったのだと、虫の声、水の音にも叫びかけたい気がする。『大義』のことが思い出された。銃をかばえ、とは、中学時代から教えこまれたことである。体育教師の高橋にも言われたことがある。しかし、これほど反射的に行動できたのは、やはり『大義』の精神が身にしみているからだと思った。

キリストを仰ぎ、釈迦《しゃか》を尊ぶのをやめよ、万古、天皇を仰げ。
天皇に身を奉ずるの喜び、なべての者に許さることなし。その栄を喜び、捨身殉忠、
悠久の大義に生くるべし。
皇国に生れし幸い、皇道に殉ずるもなお及び難し。子々孫々に至るまで、身命を重ねて天皇に帰一し奉れ……。

きびきびした命令形の『大義』の一節一節が頭をよぎって行く。美文ではないが、柿見たちの胸郭をはさみつけ、身動きできぬほどにしめつけてくる文章である。天皇への帰一の念のはげしさに筆が及ばず、悶《もだ》え苦しんでいる中佐の心情がにじみ出ていた。

「銃に疵がつかなくてよかった」

少し歩度をはやめながら、柿見は声を高めて言った。心が昂《たか》ぶって、くり返して口に出さずには居られなかった。「陛下の銃だからなあ」

返事はなかった。しかし、うなずいている気配は闇の中に感じられた。

杉本中佐殿もきっと見て居られたよ、とつづけたいのをこらえる。あまりに稚気じみた言い方ととられはしまいかと恐れて。白っぽい夜空の中に、杉本中佐の痩《や》せた軍服姿が映って見える。

種村が何か声を出した。えっ、と明るくふり返る。柿見と同じ心の昂ぶりを話して

くれるのかと思った。種村の苦しそうな声はちがっていた。

「もっと……、ゆっくり歩いてくれ」

柿見は腹立った。頬が熱くなり、水音や虫の声が遠のく。

「ばかを言え。ただでさえ、おくれているんだ」ひどい罰則を喰《く》うぞ、やり直しだぞ、と声を荒げようとしたが、その不安に柿見自身が先《ま》ずすくんだ。銃を護って傷ついた二人に、まさか、やり直しはさせまいと自分で打ち消し、

「いそごう。少しでも早く」

「じゃ……、きみ、先に行ってくれ」

「何を言う！」

今となっては、ひとりで駈《か》けて行けはしない。責任感といたわりから自分を義務づけて、まきこまれるようにして種村と歩いてきたのが腹立たしかった。その腹立ちを抑え、「苦しいのか」ときく。

いつか肩がはなれ、二歩ほど開いて二人は歩いていた。立ち止って、種村を見る。うめきながら歩いていた。銃剣から先に出、銃剣の重みにひきこまれるようにして、前のめりに足を運ぶ。声を立てまいと唇を嚙《か》んでいるのだが、荒い呼吸が口もとを出るとき、うめき声にかわる。よほどひどく胸を打ったようであった。

その様子を見ると、柿見の口の痛みも戻ってきた。「おれだって痛いんだ」といた

わるように言ってから、銃を持ちかえ、腕を貸そうと体を近寄せた。

そのとき、反射的に柿見の右肩が痛み出した。種村の左肩と触れ合わんばかりになって、まるで激突の記憶を再現させるようにうずくのだ。それにつれて、柿見の左半身もふるえ出しそうであった。あのとき瞬間のことではあるが、右に迫った種村の影をはじき飛ばそうと勢づいたことはたしかであった。種村の打撃がひどかったのも、その証拠ではないか。はじかねばおくれる。「やり直し」させられるのだと、本能的な恐怖心がさせたわざであったが、そうした恐怖心以上に強い力もなかったのだ。

心の昂ぶりは消えた。まわりは、あの事故の起る前の息苦しい山肌に返っていた。無言で肩を合わせて二人は歩き出した。種村を押し上げるようにして行く柿見の右腕のつけ根あたりを、灼《や》けるような痛みが走る。夜汽車の中で種村が眠りこけて座席から落ちたとき、肥田に濡衣《ぬれぎぬ》をきせられたのもこの肩であった。種村にもしものことがあったら、この痛みは一生消えないのではないかと、ふと思った。

左へ彎曲《わんきょく》する谷間から離れ、曳光弾《えいこうだん》の落ちて行った目標点をめざす。山は静まっていた。二人を待ち受けて罠《わな》をはり、声をのんでいるといった感じである。

練習生たちは集結を終えていた。班長の南上曹が股《また》を大きく開き、仁王《におう》立ちになっている。その前へ、銃を擬された捕虜のように二人は進んで行った。

南上曹が低い静かな声で訊《き》いた。

「どうした？」

わざとつくった声である。懐中電灯の光が生きもののように二人をなめ廻《まわ》す。

柿見が申告するうちに、上曹の声はしだいに甲高くなって行った。

「陛下の銃だって？」

練習生たちが、いっせいに不動の姿勢をとった。軍靴の合わさる音が縦にひとすじ夜空を裂く。

「そりゃ、陸さん（陸軍）のことだ」上曹は事もなくいい「その精神は結構だがな」と、電灯の光で柿見の銃をあらため、つづいて、種村の銃を見た。床尾板が谷川の水に濡《ぬ》れて光っている。新しい疵《きず》は見当らなかった。上曹は不満そうに、電灯の光をもう一度柿見の面上に注いだ。柿見は顔をかたくした。唇から下顎《したあご》にかけて、血のりがこわばる。歯ぐきからは、血がまだにじみ出ていた。

そりゃ陸さんのことだ、と軽くいい流されたのが柿見には心外だった。もし疵がついていたら、陛下の銃を、と制裁を受けたにちがいないのだ。

電灯の光は種村に移った。略帽《りゃくぼう》から、水や土に汚れた脚絆《きゃはん》・軍靴の先までを何度かあらためる。そのあげく、

「きさま、けがはしなかったのだな」上曹の声はとがった。

「いえ、胸を……、胸を打ちました」

「胸を打った？　骨でも折れたのか」太い腕がすばやく種村を突いた。種村はのけぞり、小さくうめき声を立てた。

「大げさにいうな。きさま、やり直しだ」

「はい」種村は声をふるわす。

「泣いてるな……。面まで女のような顔しやがって」

種村の下瞼《したまぶた》には、水玉が光っていた。苦痛で耐えられぬのであろう。種村のあの体でやり直しとは、と思ってみただけで、柿見の体までふるえてくる。代って説明しようと、

「班長！」「なんだ」開き直られると、次の声が出なかった。

「血だらけの顔しやがって、そんな顔は見たくもないわ。ひっこんでろ」と上曹は顎をしゃくり、懐中電灯を種村に向けると、「おい、やり直しだ」

「班長」柿見はまた叫んだが、声は弱かった。折れた前歯の間を、夜風が冷たい矢を走らせる。

「きさまもやり直ししたいのか」

柿見は黙って視線を伏せた。

種村は廻れ右した。数百メートルの岩肌を下って、また駈け上ってくるのだ。

「走るんだよ、きさま」上曹の半長靴が、種村の後脛《うしろずね》を蹴《け》った。種村は下生えの草に顔を払われんばかりに前傾し、そのまま、よろめくように灌木《かんぼく》林の茂みに走りこんで行った。

班長、種村は……と、咽喉《のど》まで出かかっている声を、柿見はおし殺していた。右肩がうずき、口のあたりがほてり、やがて全身に熱が走り、居たたまれぬような焦躁《しょうそう》につつまれた。銃を護《まも》ったのを誇らしく思い、杉本中佐の姿を夜空にえがいていた感傷も消えて、みじめさだけが残る。

上曹の号令がかかった。隊列を組んで動き出す。眼の前の尾根にオリオン星座が淡い真珠色のきらめきを見せて、夜はかなりふけてきた。演習を終り、帰投するのだ。駈け下りて行った種村ひとり残して。痛む胸をかかえ、あの谷間を種村が駈け上ってくるとき、この目標点には虫だけが鳴いているのだ。

班長、種村は……。ふたたび出かかった声を下唇を噛んで殺す。しみ出る血で口中が生あたたかかった。

その夜おそく帰隊した種村は、発熱で顔も眼も赤く、手を触れると気味悪いほど熱かった。衛兵詰所からの連絡で、そのまま担架で病室へ運ばれた。胸膜炎で胸郭全面にはげしい炎症を起しているという。白髪のまじった準士官の軍医ひとりでは、膿《のう》胸《きょう》に針を刺す程度にしか治療のしようもないようであった。呉《くれ》の海軍病院へ後送する手続がとられているのかどうか、知る方法もないうち、四日目の朝、種村は息をひきとった。

ちょうど課業始めの前で、臨終の知らせに柿見は森とともに丘の下腹にある病室めがけて駈けた。平坦《へいたん》な道を装備もつけず友と二人で駈けていると、郷里に戻ったような身の軽さが感じられた。どんな形にせよ、種村はこの身軽さを二度と味わうことはないのだと思うと、青葉の下のその平坦な道が、灼熱《しゃくねつ》したアスファルト道路にかわってしまう。はずむ視野に赤ペンキで十字をえがいた病室の屋根が浮かんでくる。

種村のうるみ勝ちの瞳《ひとみ》は、うそのように乾ききっていた。

「何かいうことはないか！」

森と柿見は同時に声をかけた。白くなった種村の唇は、かすかにふるえたが、一度結ばったただけで言葉にならなかった。枕の上には熱の高かったためか茶色くなった髪の毛がいく本も抜けている。ベッド横の側机に種村の手箱が蓋《ふた》を開いたままのっていた。見覚えのある色表紙にふとつりこまれて眼を注ぐと、『大義』の鴇《とき》色の表紙だった。見てはならぬものを見た感じで、柿見はあわてて眼をそらせた。

高い消毒薬のにおいを後に病室を出る。朝陽に照らされた青葉の海が、胸もとまで迫ってくる。中国山脈の中に疎開しているその分遣《ぶんけん》隊の建物は、本部の司令塔と烹炊《ほうすい》所《じょ》の煙突以外すべて松林の緑の中に沈んでいた。二人並んで、青い縞目《しまめ》のできている

道を下りる。しばらくは消毒薬のにおいが柿見の鼻を去らなかった。そのにおいを振り払うように、

「手箱の中に『大義』があったな」

「うん」

「あいつ、死ぬまぎわになってまで『大義』を読んでたんだろうか」

「そうかも知れん。あんな死に方をすると、『大義』でも読んでた方が救われるからな」

森は抑揚のない声で言った。その通りなのだが、言い方が不愉快だった。柿見が黙りこむと、

「しかし種村は『大義』が読みたいよりも、『大義』の中にはさんでいた写真が見たかったんじゃないかな。おれにはそう思えるんだ」

「写真と言うと、種村のおふくろと妹の写っていた……。あれは汽車の中で」

「そうだ。高橋と肥田がとりあげた。あれっきり返さないのだ。種村はそれも忘れて、さがしたんだろう」

ある筈《はず》もない写真を『大義』の中にさぐっていた種村の気持がすなおに胸に伝わってきた。写真がないと知ったとき、熱に乾いた瞳はどんな表情を浮かべたことであろう。種村のそうした最後の意識を思うと、また体中がうずいてくる。

柿見は、横を歩く森を見た。種村とは従兄弟《いとこ》である森の中に、種村の面影をさがしている。背が低くずんぐりした体つきは似ていないが、まるい大きな瞳が種村そのままであった。その瞳に向い、おれのこの右肩が種村を殺したんだ。種村をおれは……と、告白したい衝動に駆られる。あの夜以来胸にうっくつしているものを吐き出さねば、柿見自身その荷の重さで倒れそうであった。

森の眼が柿見を見返した。誘いこむような眼差《まなざし》に、柿見が口を開こうとすると、

「写真はどうなったのかなあ。肥田の奴、猥談《わいだん》する手でいじくっていやがって……」

「…………」

「写真のひろみがかわいそうだ」

柿見は、森が種村のことに触れまいとして、そんな話をはじめたのかと思った。告白しようとした気持の中に、写真のひろみがかわいそうだ、という声が鉛の塊のように落ちる。話の腰を折られた感じで、

「おふくろさんや、ひろみさんが気の毒だなあ」

「そうだよ。種村の兄貴はフィリピンで戦死。そこへ、また種村だ……。おまえ、種村のおふくろの話は知ってるだろう」

種村さめは、長男憲雄がフィリピンに進発したときいて、外科医に頼んで、自分の左右の小指を第一関節から切断し、それをアルコールづけにして、「母も一緒に戦地

へ行きます」と手紙を添えて送った。地方新聞にものったが、その異様な決意はしばらくG町の人々の口から消えなかった。次男の哲男が予科練入隊にきまったとき、もし外地へ出るようになったら、さめはどうするだろう。自殺して、自分の首を送ると言い出すのではないかと、興味半分の口をきくものもあった——。

柿見はますます息苦しくなった。横顔を向けた森に、あえぐように話しかけようとしたとき、山峡の空気をふるわせサイレンが鳴り出した。警戒警報である。柿見と森は身をまるめ、ころげるように坂道を駈《か》け下りて行った。

兵舎に飛びこんだとたん、雷が七つ八つ一時に落ちたような青白い閃光《せんこう》、そして震動が来た。西の方、広島方面の山の肩に、白い雲が一つ浮いていた。それは白金色に輝きながら奔騰し、みるみる巨大な雲塊となって、白く泡立つ両翼を空いっぱいにのばして行った。

それから三日目の夜、予科練の分隊は全員、衛門をはさむ道の両側に整列していた。故郷に帰る種村の遺骨を見送るのだ。切りひらかれて間もないその道には、山がけわしい崖《がけ》になって迫っている。道はそこから川沿いの旧街道に出、五里ほど北上して山《さん》陽線《ようせん》のS駅へ通じている。

練習生たちは、みな白い服装をつけていた。種村の死んだ朝、広島に落ちた新型爆弾が光線を利用するものと分ってから、国防色の服装はすてられ、略帽からズックの編上靴にいたるまで、白一色が用いられることになった。日中の警報では、暑さの中に白い軍手をはめ、首すじから頰へ白布をたらした。光線さえ避ければ、爆弾の威力は半減するというのだ。

　黒い山かげの道に整列した白一色の練習生分隊は、清潔な感じであった。夏らしく、うすい雲が二すじ三すじ流れているだけの夜空には、月が冴《さ》えていた。道は明るく月の光に濡《ぬ》れ、その上に練習生たちの整列した影が落ちていた。

　遺骨引渡しが手間どっているようで、当直下士から、散開して休めの号令がかかった。柿見は森をさがした。種村の遺骨が去るその夜までに、事故の詳細を話しておかねばならぬ。話してどうなるということでもないが、秘密をしまっているようで柿見自身の心が耐えられなかった。同じ分隊にいても班がちがうので、あの朝以来、森とは話しする機会がない。遺骨引取に種村の母が来ている筈だが、練習生との面会は許されなかった。

　森は崖に向って石を蹴《け》っていた。眼をあげたところへ柿見はすかさず言った。

「森、聞いて欲しいのだ。おれは種村を殺したような気がしてならない」

「しかし、転んで打ちどころが悪かったということだが……」

「いや、転ぶというより突き飛ばしたんだ。先を争ってな……。わかってくれるだろう。やり直しさせられるのが、こわかったのだ」

森は顔をそらせた。しばらく黙っていてから、

「仕方がないよ。喰《く》うか喰われるかだからな。種村の運が悪かったんだ」それから、ふいに柿見をすくうように見て「だが、転んだぐらいで死ぬだろうか。おれたちの班では、みんなそう言ってるんだ」

話しているうちに、森の眼に疑わしそうな色がさしてくる。銃をかばったために激突したということは、少しも伝えられていないのだ。

柿見は説明した。説明する機会がつかめてよかったと、しみじみ思いながら。

「それじゃ悪いのは銃じゃないか。銃なんか、ほうり出しちまえばよかったのに」

森は腹立たしそうな声にかわった。意外な言い分に、柿見も感情的な声で、

「ほうり出せるものか。菊の御紋章があるんだぞ」

「御紋章があると言ったって、場所が場所だ。ゴルフ場じゃないんだから」

「ゴルフ場？」と問い返しながら、柿見には森の言う意味がすぐわかった。

柿見たちが中学に入って間もない頃、年に一度の恒例の学校教練査閲があった。そのとき、五年生の一人が査閲官の前でつまずくと、銃を捧《ささ》げて転倒したのだ。師団から派遣されてきた査閲官の中佐は最後の講評で、その生徒の行動をほめたたえた上、全校の教練成績に「優秀」の判定を下したのだ。校長はじめ教員も生徒も、査閲成績が「優秀」か「良好」か「可」かで、学校の決定的な評価が与えられるように思いこ

んでいたときだけに、この出来事は印象的だった。しかし、そのときの査閲場はゴルフ場を転用したところで、地肌は体操用のマットよりもやわらかだった――。

「種村のことを思うと、ぶつかった肩がいまだにうずくんだ」

柿見は右肩をかばうように手をあてて言った。森はその肩を軽く突き、

「終ったことはどうでもいいじゃないか。殺したと思ったこの肩も、いずれは殺されるんだ。油壺《あぶらつぼ》行きも近いというよ」

飛行予科練習生とはいうものの飛行機も軍艦もなく、回天《かいてん》または震洋《しんよう》艇という水中・水上特攻に廻《まわ》される筈で、すでに一ヶ分隊が回天特攻の訓練基地である油壺に出されていた。

風が出てきた。歯の髄を冷たく刺して吹く。

そのとき、衛門の内側から号令がきこえた。水面を石が横飛びするように、号令は次々とつたわり、練習生分隊は崖沿いに白い列をつくった。

「頭《かしら》右！」がかかる。前後を二人の下士官にまもられ、種村の母らしい遺骨をかかえた中年の婦人と国民服の男の姿が見えた。見た顔だと思ったら、兵事課員の肥田であった。病身という種村の父に代って来たのであろう。夜汽車の中の出来事とあわせ、そうした男に出迎えられる種村の霊がみじめでならなかった。

練習生たちの視線の中を、種村さめは顔をかたくして過ぎて行く。小指を切断した

子供思いの一途《いちず》な気性も、白く澄んだ無表情さの中に消えていた。どんな思いがその心の中を去来しているのか、柿見には想像することもできなかった。白い遺骨をただ心をこめてみつめる。

一行四人が分隊の前を通り過ぎると、「直れ」につづいて「帽振れ！」の号令がかかった。

白い略帽をとってうちふる。月見草の花がいちめんに咲きひろがったように、夜気の中に白い帽子は小さな波をつくってゆれた。種村さめはかたい姿勢のまま、ふりかえりもせず進んで行く。後の肥田だけが腰を屈《かが》めてふり返った。

さわさわとふられる白い略帽の触手。一声、犬の遠吠《とおぼ》えがきこえたが、すぐまた山峡は月の光に静まり返ってしまう。

「まだ犬がいたんだなあ」

略帽をふりながら、隣の練習生がつぶやいた。風が吹き、夏草におりた夜露がにおってくる。

三

復員者を満載した客車貨車混成の特別列車は、汽笛を重く残してＧ駅を動き出した。

あえぎながら這《は》い出すような動き方なのだが、灰色の朝もやがみるまに列車の後姿を消した。

改札口には駅員もいなかった。衣嚢《いのう》を背でゆすって歩き出す。底の方で背骨にかたく当るのは『大義』のようであった。活字にせよ、筆記にせよ、書類という書類は全部燃やすようにとの命令に、司令塔の前ではほとんど二昼夜にわたって焚書《ふんしょ》の火が燃えつづけたが、柿見は『大義』だけは下袴《したばかま》につつんでかくしておいた。これを焼いてしまえば、もはや自分の行きどころがどこにもないような不安と未練につつまれて。

駅前の店はみな戸をおろしていた。予科練に入る前も今も、それだけは正確に生きつづけている腕時計を見ると、五時少し前であった。岩盤に激突したとき、ガラスに少しひびが走ったが、見にくいほどではない。

朝の気配は、重いもやと押し合って、わずかに光をにじませている。駅前の道を国道に出たとたん、牛車をひく農夫の影にぶつかった。双方が思わず声を立てたが、もやを通して見合ううち、二人はまた声を立てた。肥田であった。

柿見は立ちすくんだ。心用意のない出合いに狼狽《ろうばい》すると同時に、突っかかって行きそうな感情の昂《たか》ぶりを感じた。空になっていた心に、入隊の夜のにくしみがすばやく戻ってきた。だが、その昂ぶりも一瞬の間であった。

「ごくろうだったのう」

肥田が低い声で柿見の顔を見ないで言った。心のこもった声であった。つづいて、

「乗らんかいな、車に」

後の牛車を眼で示す。うん、とだけ応《こた》えて、柿見は歩き出した。肥田の好意をはねつけた訳ではなかった。肥田のおだやかな語調に、心の昂ぶりを照れくさく感じたためである。

肥田も並んで歩き出した。藁《わら》ぐつをはいた牛の足音がつづき、牛車がきしむ。

「森の息子は昨夜帰ったに……。おぬし、おそかったのう」

「森は要領がいいから」

「相変らずそうかい」

「山陽線の駅で最初来た復員列車は、もう満員だった。有蓋《ゆうがい》貨車ばかりの編成で息ぬきに貨車の戸を細く開けている。そこから、人がこぼれ落ちてきそうで、とても乗れそうになかった。岩国《いわくに》あたりかららしい水兵が多かったが……」柿見は出合いの気まずさをとり戻そうとするようにしゃべった。「ところが、森の奴は、『おい水兵、敬礼せんか』とどなったのです。ぼくたちは帰る時になってはじめて二等兵曹の階級章をもらったから、一応は下士官になっていた訳だ。水兵はびっくりして立ち上った。そのわずかな隙間に森は飛び乗っちゃったんです」

話しているうちに、森の要領の良さが少々腹立たしくなってきた。柿見はそのあと

半日近く待って、ようやく汽車に乗ることができたのである。

森と言えば、種村のことも不安になってきた。復員直前、柿見は森に、いつか告白した種村の事故の詳細を口外せぬようにとたのんだ。戦に負けた悲しみとは別に、生きて帰れるとわかったとき、空も野もすべてが広々と明けひろがって行くような、当惑するほどの解放感に包まれたのも事実であったが、その心に正面から暗いかげをかぶせてきたのが種村との思い出であった。やがて来る死ということで、彼なりに心の裁きをつけていたものが、あらためてはじめから査問されるような重苦しい感じであった。それが一途な気性の種村さめやひろみの耳に入ったとき、どんなことになるのか恐しかった。いため抜かれた心を、これ以上裁かれてはたまらぬという気持もあった。森は口外せぬ旨、気軽に約束してくれたのだが、どこまでその約束を守ってくれるか疑わしくもあった。

黙りこんだ柿見の気持の行方を察するように、肥田は、

「種村の哲男も気の毒なことをした。……さめさんと遺骨を迎えに行ったときはつらかった」

柿見はうなだれたまま歩いた。足もとにはまだ、もやが残っている。

「この頃は、みんなどんどん帰ってくる。息子を二人とも殺して、さめさんも耐えられんだろうに」そう言ってから、あわてて「いや、おぬしの家も……」柿見の父の戦

死を思い出したのだ。

「もう済んだことですよ」

死者の話はゆううつだった。

「それより肥田さん、弟の善次郎さんはどうです」

「ああ、あれも芦原の陸軍病院から戻ってきてな。女房ごと、うちにおいてある」

「元気ですか」

「元気だとも、元気なものだよ」

肥田ははじめて勢づいた声を出した。元気なことをとがめるような言い方に、柿見は自分の質問がわざとちがった意味にとられているのに気づいた。傷痍《しょうい》軍人の夫婦生活を猥談《わいだん》にしていた車中の肥田の姿がよみがえってくる。

柿見は顔をあげ、肥田の横顔をきびしくみつめた。

「善次郎もかわいそうだ。もう建築技師には戻れもしまい。女房をかかえてのう」

肥田はまた、おだやかな口調になっていた。みつめている柿見の視線に合うと、その視線を誘うように流し、

「乗らんかいな。どうせ空いてる車じゃ」

立ち止ると、大きな掌で牛の頭をおさえるようにして牛車をとめた。前寄りにあった空の飼葉桶《おけ》を向うに押す。N市へ薪《まき》でも運んだ帰りなのか、小枝や木屑《きくず》のようなも

のがいく本か残っているだけの空き車であった。「さあ！」その声に釣られるようにして、車台に乗った。衣嚢の底を肥田の手が押し上げてくれた。だが、その力で『大義』が押し曲げられたような気がした。

手伝って柿見を車台に乗せるとき、肥田ははじめて折れた前歯に気づいたようであった。

「おぬし、歯を、前歯をどうした。折れとるようだが」

少し前から、朝の冷気がそこにしみていた。

「ころんだのです。訓練中に」

「ころんだ？　それじゃ種村といっしょじゃないか。どうしてまた？」

「銃を捧《ささ》げて、頭からころんで行ったんです。菊の御紋章のついてる銃に疵《きず》をつけると大変ですから」

「種村も同じようにころんだんじゃろうか」

柿見は息をのみ、

「さあ……。そうだと思うけど、なにしろ、夜の山の中のことなので」

言葉を濁したけれども、それ以上追及されれば、こらえようもなく、何も彼《か》も話し出してしまいそうであった。

肥田は牛車の前に戻り、手綱をとると大きく呼吸した。それから、思いついたよう

に、

「天皇陛下もお気の毒なことだのう。えらい世の中になって」

その声にはひどく実感がこもっていた。

「アメリカの軍事裁判にかけられるというし、アカは出てきたしのう」

「アカは十何年も監獄に入ってたって？」

柿見は反射的に問い返した。娑婆《しゃば》に戻ったら先《ま》ず問いただしたいニュースだった。

「そうだよ。あんなものは殺しとけばよかったんじゃ」

肥田は斜めに牛を引き出しながら、ゆっくりした口調でこたえた。

終戦で娑婆のニュースを知るようになった柿見たちが、いちばん感動したのは共産党幹部釈放のニュースであった。だがその感動は、柿見たちだけに通ずる特殊なものであった。一つの思想を信じているという理由だけで、十数年という永い獄中生活を送らされていたという事実が柿見たちを感動させたのだ。娑婆とある程度遮断された生活をわずか数か月続けただけで、柿見たちは獄中者の苦しみがわかるように思われた。殺人・強盗などの犯罪者なら罰だから仕方がない。だが何も悪いことをしていないのに——。その気持は、やはり悪いことなどしていないのに不当なほど苛酷《かこく》な扱いを受けてきた柿見たちの体験に裏打ちされていた。たとえ、どんな考えにせよ、一つのことを考えているというだけで、十何年も牢獄《ろうごく》に閉じこめるという無慈悲さが行われていたことに、柿見たちは一様に少年らしい正義感で反撥《はんぱつ》した。その反撥を誰にふり向ければよいのか、わからなかった。ただそれが柿見たちに牢獄と変らぬ軍隊生活を強いたものと同一のものであることを、漠然と感じただけであった。

それにしても十何年間、戦争が終らなければ恐らく死ぬまで、そうした獄中生活を甘受させる考え方とは何であろうか。一つの思想、たとえば彼等のように「大義」のために、死ぬことはやさしい。だが、その思想のために十何年もの獄中生活を忍ぶということは信じられぬほど困難なことに思えた。

誰も共産主義など知っている者はいなかった。一体、アカは何を考えていたのだろうか。それを最初にきき出してきたのが、耳のはやい森であった。「天皇陛下をなしにしようと考えてたってさ」「何だって？」練習生たちはいっせいにどなり返した。「天皇陛下の居ない共和国にしようとしてたんだって」「そんなばかな！」森は突き倒されそうになった。彼等が戦ってきたその同じ時代に、そうしたことを考えつづけていた日本人があろうとは……。聞いた後でも、なお信じ難い気持であった。それじゃ監獄は当りまえだ。練習生たちは多少肩を怒らすようにして、自分たちの最初の感動を否定しようとした――。

「アカは天皇陛下をなくしようと言ってるんですか」

「この頃はアカばかりじゃない。新聞やラジオまでがひどいことを言いおるでのう」

肥田の口調は、軍人まがいの鋭さを失い、この地方の年輩者に特有ななまりに戻っていた。それは鼻にかかる丸みを帯びた発音で、怒りや苦しみもその発音では角を削《そ》がれてきこえてくる。それでも肥田の語調には、すなおに柿見に迫ってくるものがあった。

肥田はうつむいたまま歩いている。顔が一廻《まわ》りも二廻りも小さくなったようで、半ば禿《は》げ上った額に皺《しわ》が深い。頤《おとがい》から太い首筋にかけても幾重も皺が刻まれている。入隊の車中で威猛高《いたけだか》になった肥田とつながるところもない姿である。それは、暗い管制灯にとじこめられたあの列車の夜と、物音ひとつなく鳩色に明け渡って行く郷里の朝とが何のつながりも持たないのと同じであった。

牛車のきしみが家々の大戸にこだまして、先へ先へとつたわって行く。

「どんな世になるんかいのう」

肥田はうつむいたまま言った。完全に無力な姿であった。

終戦の日を境にした変化のはげしさを、また眼の前に見る思いがした。柿見たちは志願兵であるという理由から、復員を最後に廻された。兵舎は次々に空になり、ひぐらしの声は一日一日と高くなって行く。初秋の気の深まった高い山峡の空。種村の命を奪った谷川も、終日すき徹《とお》った玉すだれを見せている。まわりの風物がまず一変した感じであった。何も彼《か》も無心に美しかった。急に世の中のひろがりを知らされる思いがした。アカのこともそうであった。それまで自分ひとりでつまっていた世界がふいにすっぽり抜け落ちて、気づいてみると、自分たちのさわいでいた世界も高い空の下の一つの小石に過ぎなかったような感じがした。

牛が鳴いた。家並がきれ、水田が展《ひら》けはじめる。柿見は軍帽をとった。栄養不足から茶色っぽくなった毛が、いく本か抜ける。冷えた朝風が頭を洗って行った。最後まで残っていた蒸れが吹き払われる。

ふたたび軍帽をかぶる。つばをにぎって二度三度正面を合わす。その仕種《しぐさ》に肥田は柿見の顔を見上げるようにし、

「帽子がえろう大きいのう。他人のかいな」

「ぼくのです。やせちゃって、だぶつくんだ」

「頭までやせるのかい。大変だったのう」と真顔でいたわり、「ゆっくり休むんじゃ。思いきりゆっくりのう」

柿見は二度つづけてうなずいた。

休みたかった。あらゆることを忘れて休みたかった。思いつめて行った海軍から投げ返されて、いま柿見に残されているのは疲労感とうらはらの完全な脱力感だけであった。その脱力感に甘えて、肉体の関節も精神の関節もすべてが抜け落ちるほど昏々《こんこん》と眠りたかった。生涯にまたとない烈《はげ》しい緊張の期間を了《お》えて、いまは無限の休暇の

はじまりであった。その無力と空白の中で、飽きの来るまで眠っていたい気持だった。天皇制も共産党も休暇である。後には無限に開いた時間がある。あわてることはない。すべてを鳩色の朝もやに運び去らせて、いまは事もなく眠り呆《ほう》けたかった。

うすく眼を閉じると、肥田の姿はさらに一廻り小さくなった。脱力感と年相応の疲労感を、その後姿はあらわににじませていた。彼もまた眩暈《めまい》のするような休暇の中に置かれているようであった。

「肥田さん、県庁の方は相変らずですか」

「いや、やめた。……終戦で、やめさせられたんじゃ。やっぱり、わしには百姓しかないようじゃのう」

「百姓でいいじゃないですか。肥田さんも、ゆっくり休んで……」

「休むといっしょに、自己反省せにゃならんと思ってのう」

「自己反省？」意外な言葉を聞くと思った。

「やかましく言われとるんじゃ。ほら、中学の西先生、あの人なんかが戦争中の責任を追及すると、町で音頭をとってのう」

「西先生がどうして？」西は中学の英語教師だった。血色が悪く、いつもひとりごとのような口調で授業していた。退屈さだけが印象として残っているような教師である。

「あれは、もともとアカだったそうでのう」

「しかし、西先生は……」

「かくしとったんじゃ。みんな、かくしとった」

なぜ、かくしていたのか。何の印象も与えず記憶のはしまで去っていた西の像を、柿見は憎しみをこめて引きすえた。『大義』を読もうとしなかった柿見の父も、最後にはりっぱに戦死したように、程度の差はあっても誰でも大義を信じていると思っていたのに……。アカはそんなところにまでいたのか。柿見の心はまた乱れ出した。

気分の内攻するのを避けるようにして、

「そう言えば、体操の高橋先生がよく西先生の悪口を言っていた……」思いあたることと言っては、その程度のことであった。

「高橋先生は、わしと入れ代りに、今度県庁へ入った。何だか教員としての適格審査にはねられるというんでのう。軍人らしく、すばしこい人じゃ」

終りの一句は皮肉ではなく、離職した自身と引きくらべ感嘆している口調であった。

そのとき、突然、鐘の音がきこえた。体に突き当ってくるような間近く強い音である。鼓膜がふるえ、柿見は思わず腰を浮かせた。牛は反射的に走り出そうとし、車台がそのため上下にはずんだ。おうし、おうし、と肥田が手綱をしぼってなだめる。

余韻が消えると、鐘はまた打ち出された。右手の低い丘、杉林越しに善楽寺の本堂の屋根が見える。種村の家である。

鐘の音ははげしく重く迫り、風圧で耳が鳴った。腕時計を見る。ちょうど五時であった。牛の角にぶら下るような姿勢のまま、肥田がふり返り、

「さめさんが撞《つ》いてるんじゃ。毎日五時と十時に」

中風で寝ている住職の夫に代って……と思ったとき、また鐘が鳴った。女が撞いているとは思えぬ力強い打ち方である。牛が走り、車台がおどった。二度三度とおさえつけられていた恐怖が爆発し、牛は頭を低く下げて突進する。肥田はその勢に足をとられ、手綱ごとひきずられた。国道のコンクリート路面にかたい音を立てて、牛車は走った。車台の上で、柿見は声を立てることもできない。

十数歩も走った後で、おうし、おうし、と肥田は声をはり上げながら体を道路わきに倒すようにして、ようやく手綱をまき、牛をとめた。

余韻が幾重にも輪をえがいて追って来る。牛はまた走り出しそうであった。

「いくつ、撞くんですか」

何の気もなく訊《き》いた問いに、おそろしい返事が返ってきた。

「十九。……死んだ哲男の歳の数だけ撞いてなさるんだ」

柿見の眼の前が暗転した。鳩色の風景が大きくゆれ、まわりから赤黒く染まって行く。急に高まった動悸《どうき》で、こめかみのあたりが痙攣《けいれん》した。胸苦しかった。無限の休暇はたしかにはじまった。だがその休暇の中に、種村を慕う鐘の音が日ごとに打ち鳴ら

されてくるのだ。種村をはじいたたった一瞬の出来事——それが、いつまでも暗い尾をひいて柿見の前途をかげらせて行きそうであった。右肩がうずいてくる。

右手を見上げる。丘の上の善楽寺。種村さめ、ひろみ、そして病床の住職。かつてはそこに憲雄、哲男の兄弟が腕白《わんぱく》仲間をそれぞれ集め、終日にぎやかに遊び廻っていた。杉の木の幹には、そのころの悪戯《いたずら》の痕《あと》がいくつも残っている筈《はず》である。ぼくがやらないのにいつもぼくのせいにされると、小学校時代に種村がこぼしていたことがある。ひろい遊びの庭の領主としての、少々得意な言い方であった。子供心に種村の母は美しく、妹のひろみは可愛かった。その点でも善楽寺の境内は、柿見たちにとって王宮の庭を思わせる最上等の遊び場であった。

柿見は心をくり抜かれたように、もやのうすれはじめた暗緑色の森を見上げていた。

鐘がまた鳴った。

「小島というのは、おぬしの同級じゃなかったか」

余韻の中を肥田の声が泳ぎ寄る。柿見がうなずいて見せると、

「あの善楽寺の森で首つったんじゃ。終戦の……そうじゃ一週間ほど後だったかのう」

柿見は車から飛び降りたかった。どうしてこれほどゆさぶられるのかと、頭をかかえこみたい気がした。

「遺書もなし、首つりの原因は皆目わからんままじゃ」

肥田は禿《は》げ上った額を見せ、声に力をこめて言う。当惑した気持がまだ残っているような口調であった。

軍人志望だったが、色弱でふるい落されつづけた小島、『大義』をまっさきに学校へ持ってきたのも彼である。死んだ種村の『大義』、あの夜行列車で高橋が種村と柿見を殴るのに使った『大義』には、小島の署名があった。『大義』を贈り、いまは遺骨となって帰った親友の眠る森で、自らの命を絶った小島の気持が柿見にはわかった。小島は自分の心情の唯一の理解者を、種村の霊に見《み》出《いだ》したのだ。たったひとりで『大義』の世界に残されていたら、柿見でも自殺の誘惑を感じたかも知れなかった。軍隊の中で終戦を迎えたことが、かえって死を遠ざけた。柿見の分隊では誰も死ななかった。十五日の午後、泣きわめいただけで、士官は烹炊所《ほうすいじょ》倉庫からせっせと木箱を運び出し、下士官たちは新刀の斬れ味ためしに犬を捕えさせてきては殺した。そうした軍隊から帰れるという解放感めいたものが、『大義』の世界をしばらくは忘れさせてくれていた――。

「小島が死んだんですか」

柿見は自分でたしかめるように言った。淋《さび》しかった。秋風の立つ草千里《くさせんり》の原にひとり立たされている感じである。生きていていいのか。後めたくないのか。終戦前は生きているということが負債であった。だが、いま、種村が死に、小島が死んだ後で生きているということには、まあたらしい罪のにおいがした。生きて行こうとすることが、あばずれのわざに見えた。これから先の一生、いかに善く生きようとも、種村や小島、死んでしまった奴にはかなわない気がした。そして、実際に生きるめやすもなかった。無限の休暇の中で身も心も惚《ほう》けて、やがて、はるかな空にうすれて行くのだ。鐘がまた鳴った。小指のない母親の手がけんめいに撞いた音が、うすれはじめた朝もやを散らせ、水田の上を遠く渡って消えて行く。燕《つばめ》が飛びはじめていた。弧を截《き》る腹がほの白い。

いつの間にか鐘の音は背の方に廻《まわ》っていた。牛車はやわらかくきしみ、眼の前で牛の尾がいたずらっぽく円をかく。

ともかく生きて行くのだ。十いくつ目の鐘の余韻に逆らうように、柿見は背筋をのばした。背骨をかたく突くものがある。衣嚢《いのう》の底の『大義』であった。

四

種村ひろみの丸みを帯びた白い顔が、夕方の光の中に浮かび上る。黒瞳の勝った眼が人なつっこくきらめく。まるで自分の妹のように切迫した親しみを感じさせる眼の色である。柿見はその顔を手もとに引き寄せようとあがく。だが、腕は関節を外されたように重く、自由がきかない。

　ウイスキィの酔いで四肢がしびれ、足もとがふらついてくる。ラッパのみに一壜《びん》のんでしまった酔いが一時に噴き出てきたのだ。歩きながら飲んだのが余計いけないようであった。酔いが欲しくて水のように咽喉《のど》に流しこんだ。重くしびれてくる舌の先を壜の口で押さえるようにして飲んだ。飲んでいる間には酔いが来ず、一壜あけ終ったとたん、猛烈な勢いで全身に廻ってきたのだ。

　道いっぱい流れている西日の中を、柿見の影がゆれる。松林、くぬぎ林、そのはるかな涯に紫の富士《ふじ》が浮かんでいた。東京都下T町、H高校のある閑静な武蔵野《むさしの》の町は、秋の落陽にやわらかく濡《ぬ》れて、事もない一日を終ろうとしていた。

　その日、旧制H高校では第何十回目かの開校記念日に因《ちな》んでの学園祭があったのだが、行事としては学生討論会ぐらいなので、空の空気をみだすほどの人の動きはなかった。静かに夜に滑りこもうとする町の風景も、柿見には腹立たしかった。

　柿見はその日一日、ひろみを待ったのだ。森の言葉では、午前中にはひろみが来る筈であった。従妹《いとこ》のひろみがその仲の良い数人のグループといっしょに東京見物に来ている。学園祭には訪ねてくるから案内してやってくれ。ひろみにもそう言ってある——森はそのように言い残して、その日もアルバイトへ出かけて行った。外出者が多くて、陰気なひろがりだけを感じさせるような学生寮の一部屋で、柿見は辛抱強く待った。

午後一時を過ぎてから、やっと腰を上げ、講堂の討論会をのぞいて見た。聴くつもりはなかった。ただ寮にいたたまれぬ気分のせいであった。三つほどのテーマが済んで寮に帰ってみても、ひろみが訪ねてきた様子はなかった。ひろみにきらわれたのだと思った。死んだ種村に似て鼻筋の通った顔が眼の前にちらつく。終戦後、ひろみには二度しか会っていない。復員直後、種村の墓詣《はかまい》りに出かけたときと森に誘われてH高校に入学する前、もう一度墓参に行ったときである。さめは口数少く、ひろみもほとんど無言であった。森だけがしゃべった。稚さをとどめたひろみの白い首の線が、柿見の眼に灼《や》きついた。子供の頃、親友の妹として、かばうようにして遊んだ思い出もあった。故郷を断ちきられた海軍の中で、種村は柿見を相手によく妹の話をした。そうした環境でくり返し話しているうち、ひとり子の柿見にも妹ができたような気がしていた。しかし、種村の死で、ひろみは一度に遠い世界へ退いてしまった。近づいてはならぬ。心のすみにでも思い浮かべてはならぬ人であった。

だが、その日ひろみを待ちあぐねてみて、柿見は彼女に惹《ひ》かれている自分をはっきりと見た。逆らいようもなく惹かれている。その気持を認めることはつらく、まして、嫌われたと思うのは耐え難かった。嫌われる理由として、森に口どめしておいた衝突事故の一件がひろみの耳に入っているのではないかということが考えられた。そう考えただけでも体中がかたくなった。いたずら好きな森が嘘をついたのではないかとも思った。柿見の感情を空転させておいて、新宿《しんじゅく》か銀座《ぎんざ》でひろみと落ち合っているのではないか。疑いが増す。いずれにせよ、森は憎く、ひろみはさらに憎かった。がらんとしている学生寮を飛び出て、ウイスキィを買った。はじめて口にする強烈なアルコールであった。

構内の黄ばみはじめた銀杏《いちょう》並木が、くねくねゆれながら眼の中に入ってきた。ひろみ、ひろみ、と声に出し、膝《ひざ》から下を投げ出すようにして歩く。

いくつか灯の入った学生寮の窓が流れ寄ってくる。秋の落日は早く、いつの間にか菫《すみれ》色の光があたりを浸している。幾度かつまずきながら、ようやく自分の棟、自分の部屋にたどりついた。

赤茶けた畳の上に膝から落ちる。二年生である長身の大久保が、他の部屋の者らしい一人と話していた。顔を見直す気力もなく、

「誰か、ぼくを訪ねてきませんでしたか」

大久保の影めがけて叫んだ。誰も来ない、と言われたのだが、なお同じことを二度三度くり返して訊《き》いた。酔ってるな、と強い蔑《さげす》みを浮かべた大久保の表情、眼鏡の奥の白い小さな眼の光、それが柿見の視野に迫った最後の像であった。

大久保の話し相手が、柿見にも訪ねてくる客があるのか、と言った。ばかにし切った声であった。

「ぼくが田舎者だからですか。一人前じゃないからですか。……ぼくにだって客はありますよ。軍人《ゾル》上りの小児《ダスキン》だって、りっぱに人間ですよ。ええ、人間ですよ」

意識してからんで行った。陸海軍からの転入学生、いわゆる軍学徒は、ドイツ語のゾルダーテン（軍人）を略してゾルと呼ばれていた。「陸ゾル」、「海ゾル」などと呼ぶ語感そのものが軽侮に満ちていた。単純で思慮浅い者の別称であり、その意味でゾルは精神的にも小児に過ぎぬ、「小児《ダスキン》」とも言われた。小児《ダスキン》と呼ばれるのは最大の屈辱であった。精神を持った人間として、人格として、扱われないのだ。

「少くとも大久保さんのような個人主義、冷酷な独身主義よりは、よほど人間らしいですよ」

二日ほど前、ほとんど夜を徹して柿見は大久保の独身主義をきかされた。エゴがどうのこうのという哲学的な意味づけからはじまって、地上にこれ以上蝮《まむし》のすえを増やしてはならぬという結論まで理路整然とした独身論で、人間である以上結婚は当然だと考える奴こそ「小児《ダスキン》」なのだときめつけられた。

「おい、変なことを言い出すなよ」

大久保は話し相手の手前もあってか、狼狽《ろうばい》したような甲高い声を出した。

「ほんとうですよ。理屈はどうだって、結婚せん奴なんかには……」

ひろみのことが、また頭にちらついた。

理屈はどうだってか、相変らず軍人《ゾル》は勇ましい、どこで隠れて飲んできたんだ、小《ダス》児《キン》には気ちがい水だよ、そんな言葉のやりとりがきこえた。柿見はもう一度首を立て直し、

「軍人上りの方がはるかに人間的ですよ」

「そうだよ。酔っ払ってくだをまくところなんか、りっぱに人間的だよ」

軽くあしらわれた。大久保は上級生でもあり、秀才という評判も高かった。浪人当時、有名なJ予備校で首席だったというのだ。浪人学校の首席が秀才の証拠であるということが、柿見にはよくわからなかった。しかし、事実、大久保の議論の進め方は鋭く、柿見たち軍人《ゾル》の歯の立つ相手でなかった。

それ以上からむ気力もなくなった。「ほんとうに来ませんでしたか」と柿見はもう一度弱い声で訊くと、肩から畳にころがって行った。体が融《と》けそうにだるかった。

そのとき戸が開いて、部屋の誰かが戻ってきたようであった。酒か、メチルじゃなかろうな、そんな声がきこえた。柿見はうすく眼をあけて見た。暗い電灯の光を受けたニュウムの鍋《なべ》が眼に入った。いく本かの手が、その鍋を廻《まわ》している。酒が好きでもなく、いまは酔い潰《つぶ》れているのに、柿見はその酒も飲みたくなった。酒が欲しいのか、

それ以上の酔いが欲しいのかわからなかった。

飲ませてくれ、と言いながら、膝で這《は》って行った。肩を突かれた。ひとたまりもなく倒れる。たのむ、飲ませてくれ、とまたにじり寄る。罵声《ばせい》といっしょに突き倒される。酒はその間に空になったようで、一人が顔にかぶせるようにしてすすっていた。

「おまえはなあ、余興に『いやじゃありませんか』でもやってりゃいいんだ」

一人がそう叫ぶと、やらせろ、と声が重なった。空の鍋をつかまされ、右手に箸《はし》を持たされた。

「さあ、やりな」誘い出すように、一人がうたい出した。

「いやじゃありませんか、海軍は、
鉄の茶碗《ちゃわん》に竹の箸、仏様でもあるまいに、一膳《いちぜん》めしとは情ない……」

それは森が余興によくやる歌であった。はじめは多少の懐旧の気持もあったのだが、いまは、すねた自嘲《じちょう》だけで余計に軽薄にうたって見せる。それを柿見にもやれというのだ。

柿見は鍋をたたきつけた。板の間に高い音を立ててころがって行く。箸も折った。

森への怒りもこもっていた。

「相変らず勇ましい軍人《ソル》だ」

「あばれるだけが能なんだな、小児《ダスキン》めが」

黄濁した電灯の光が、人影を交錯させるだけで、誰の声ともわからない。

「何を、臆病者《おくびようもの》」

「またはじまったか、馬鹿のひとつ覚えが」

やりこめられたとき、柿見たち軍人《ソル》の言えるのは、ただそれだけであった。

「大久保さん、知ってますか。こいつ、まだ、こんな本を読んでますよ」

誰かが柿見の押入れをあけると、指の先に黄色い板のようなものをつまみ出した。不潔なものを運ぶ手つきである。近眼の大久保は高い背をまるめて顔を近づけ、

「杉本五郎中佐遺著『大義』だって」

さすがに驚いた様子であった。「柿見、おまえ、まだ、こんなものを……」

久しく読んでいない。読む本がいっぱいにあって、『大義』がしまってあるのも忘れていたほどである。だが柿見の答は逆に、

「読んでます！」

大久保はすばやくその嘘を見抜いたようで、「返してやれ」

きびしい声で言った。だが、その声より早く、柿見は『大義』を持つ人影にむしゃぶりついて行った。

また肩を突かれた。右肩だと思ったとき、柿見の全身は硬直するような衝撃を受け

た。

「肩にさわるな。右肩にさわるな」

大声をはり上げて叫んだ。その叫びにとまどって、部屋の中は急に静かになった。

「肩にさわったら承知せんぞ」

「承知せんといって、どうするんだ」

「殺してやる」

「おめでたい。酔っ払いに殺せるものか」

「殺してやる」

柿見は混濁した視野の中に、空気銃の銃床をとらえていた。開いたままの押入れに、倒れるように寄ると、毛布の下からその銀色の銃床をつかんで引き出した。空気銃はバネでもついていたように、勢よく柿見の脇に滑りこんだ。三八式銃の持ち重みを思うと、同じ銃とはいっても、嘘のように軽い。

大久保たちはさすがに驚いた様子であった。一人があわてて逃げ出して行った。ミジン玉を入れた罐《かん》が見あたらない。ゆれる頭をもう一度押入れに突っこむと、後からおさえられた。

あばれたことで酔いはいっそう激しく廻《まわ》った。畳におさえつけられていると、呼吸がとまりそうであった。「放してやれ」大久保の声がいやにはっきりきこえた。苦しかった。オウ、オウウ声を立てて呼吸をする。夜汽車の中のように視野は暗い。ときどき白い光が斜めに横切る。大久保の顔であり、見知らぬ顔であった。「ひろみ」「ひろみ」とも叫んだようで、「こいつ、失恋したんじゃないか」そんな声もきこえ「失恋じゃない」と叫び返した。声になったかどうかわからない。

　意識を失い、そのまま幾時間か眠りに落ちたようであった。眼がさめてみると、部屋の中は静かで人影もなかった。背からは白い光が流れている。月の光が窓いっぱいに射していた。

「水を持ってきてやろうか」誰もいないと思っていると、森の声がした。電灯もつけず、窓ぎわにしゃがみこんでいた。武蔵野の名残りをとどめた寮の庭が月光に濡《ぬ》れ、虫の声に溢《あふ》れていた。

「ひろみが来なかったって？」

　柿見はうなずいた。酔ってあばれたことでひろみや森への腹立ちも消えていた。母ひとり残して来た郷里のことが一様になつかしく、森の言うことには何でもすなおにうなずけそうな気がした。

「あ、そう言えば、『右肩にさわるな』と叫んだそうだな」

　柿見は力なくうなずいた。空気銃をつかみとろうともつれ合ったとき、右肩に走ったうずきを思い起しながら。

「みんな不思議がってた。いや、気味悪がってたよ。……まさか奴らに説明できもしまい」

月光を背に、円い眼を近づけ、

「まだ、種村のことを気にしているのか。もう、いい加減に忘れるんだな。……きみが悪かったんじゃない。銃が悪かったんだ、菊の御紋章のせいなんだ。思いつめるなら菊の御紋章のことを思うんだな」

二人はそのまま黙りこんだ。少し静まっていた虫の声が、いっそう豊かに溢れて来た。種村の遺骨を「帽振れ」で見送った夜と同じ月の光である。あれから一年たった。折れた前歯が二度と生えぬように、種村のことは忘れろと言っても、忘れることはできない。柿見はかたい表情で月光を見上げた。

「柿見、あすの討論会ではな、奴らをびっくりさせてやるから」

沈んだ気分を払い散らすように、森が明るい声を出した。

「みておれ、ぎゃふんと言わせてやるから」

小学校でキューピーとあだ名された顔の輪郭そのままの円い眼をして笑った。翌日も行われる学生討論会で、森は「天皇制是非論」の弁士をする筈《はず》であった。

食糧事情などもあって、まだスポーツが活気づかないその頃では、学生討論会がスポーツゲームに似た昂奮《こうふん》を生んでいた。そして、どの討論会でもきまってとりあげられるのが、「天皇制是非」の問題であった。柿見は、この論題を見るごとに心の平静さを乱された。それは、「唯物論か観念論か」「科学と宗教は両立し得るか」などという古く大きなばかりで、一向見栄えのしない金看板と並べられ、また、あるときには「学生は純潔であるべきか」という地色までピンクに燃えて見える気はずかしい垂幕の横に吊《つ》り下げられた。そして、いつでも〈また出て来て済みません〉といった恐縮し切った顔をしていた。

当時の学生たちの思潮の中では、天皇制賛成論は不利であった。反対論者が、まだまあたらしい戦争責任を持ち出し、論旨も強力で説得的であるのに対し、賛成論者の論旨はあいまいで控え目だった。反対論には圧倒的な拍手が、賛成論には間断ない弥《や》次《じ》が型通りに送られ、賛成論がきまって破れた。破れるにきまっている賛成論をとろうとする弁士がなくて、籤《くじ》引きで割り当てたりすることもあった。こうした論議は時には聴衆からも論者自身からさえも遠いところで論じられているように見えた。かつて柿見たちをとらえた『大義』の圧倒的な感動、その重量感の記憶と戦っている論者はなかった。あの重量感、衝迫感をまともに意識すれば、当分は口もきけないというのが、柿見の気持であった。論者たちは巨象を撫《な》でる盲人というより、盲人自身が約束ごとで戯れ合っている感じに近かった。自分たちの全生命を要求したものと対決しているという気《き》魄《はく》を感じることも少かった。

翌日の討論会では第四議題が森の出る「天皇制是非論」であった。それまで賛否八人の弁論で、聴衆たちには疲れと倦怠《けんたい》があらわれていた。「天皇制を是とするもの、森朝弘君」司会者の呼び上げる声に、〈やれやれ、また煮え切らぬ弁論がはじまる。ひとつ弥次り倒すか〉と、聴衆たちは不味《まず》い腐肉を見る禿鷹《はげたか》の眼を壇上に送った。だが、その眼は弁士を見ると急に生気を帯びた。不味いなりにも、まだ死に切っていない獲物を見つけた眼である。柿見も眼をみはった。

森は丸坊主になっていた。その上、どこに隠していたのか予科練の七ツボタンの制服をつけ、海軍当時そのままの正確な歩幅で大股《おおまた》に演壇へ進んでくる。衣料難のときで学生たちの中にもまだ軍服を着ている者もあったが、ほとんど略衣（戦闘衣）であって、七ツボタンの制服などをつけている者はなかった。議題が議題だけに、森がそうした服装や歩調で登壇したのは、明らかに聴衆への意識的な挑戦であった。森のその意識に気づいてか、場内ににじみ出る失笑も警戒的だった。

森は演壇に立った。正面を向いたまま、十五度に正確に前傾しての礼をする。すべてが軍人調であった。ところが、さらに聴衆たちを驚かせたのは、最初の一句である。背の低い森は、坊主にして一層丸くなった顔を演壇にすえると、「皇紀二千六百有余年！」と叫んだのである。

聴衆は突風にでも吹きこまれたように息をつまらせ、ついで笑いを爆発させた。立ち上って拳《こぶし》をふる者、床を踏み鳴らす者もある。弥次の常連も、あまりのことに言葉が出ないのだ。しばらくは、やたらに体をゆすり、動物なみの反撥《はんぱつ》をするだけである。〈奴らをびっくりさせてやる〉と、森の予告をきいていながら、柿見自身も驚いていた。悪戯《いたずら》好きで突飛なことをする森だが、そこまで身を張った鮮かな悪戯をしようとは思いもつかなかった。いや、悪戯ではなく、本心から出た挑戦なのかも知れない。ようやく、「ダスキン！」「気狂い！」など、弥次にもならない罵声《ばせい》が飛ぶようになった。だが、場内の空気はついて行かない。聴衆の大半は、森が本心で言っているのか、からかっているのか判断しかねているようだった。本心だとすれば、大変なことだという思いが聴衆の反撥をおくらせていた。反射的に笑った後、彼等は無気味さに気づいたのだ。眼に見る七ツボタンの制服、耳にする森の言葉――それを信じまいと、心の中で逆らっているようでもあった。

森の論旨は、『大義』の文章を口語に嚙《か》みくだいたような、明らかに時代錯誤のものであった。それでも一語一語が柿見の脳裏のうろこをめくって行くような抵抗感があった。

弥次はしだいに高まり、騒然とした場内の空気に森の言葉はききとれなくなった。円い眼だけが憑《つ》かれたように生彩を放って迫ってくる。黒瞳がますます澄み、従兄弟《いとこ》の種村を思わせる。

二十分の制限時間が終り近くなったころ、森は、突然言葉を切ると、演壇に置いた風呂敷《ふろしき》包みを解き出した。場内の眼があつまる。とり出されたのは、白地に墨で半輪の菊と三条の流れをえがいた菊水の旗であった。森はその旗をつかむと、すかさず二度三度振った。まるで聴衆の頭を殴りつけるような、はげしい振り方であった。場内にはまた「皇紀二千六百有余年」ときいたときと同じ動揺が起った。聴衆はまず体で反撥することで無気味さから逃れ得ると直感したようで、反応の度合ははやかった。ばかになって罵倒して、早くこの弁士を退場させた方がよいと、ようやく気づいたようでもあった。

森は場内の空気に逆らい、菊水の旗を拳でおさえると、なお悲憤慷慨《こうがい》調で結びを述べ立てた。その口調は、終戦直後自殺した小島に似ていた。口数の少い小島は、『大義』のことになると、慷慨調で弁じ立てたものである。

弁じ終ると森はことさらていねいに菊水の旗をたたみ、風呂敷包みにおさめた。ふたたび軍隊調で敬礼し、大幅な歩度で降壇した。

ずんぐりした森の姿が消えると、聴衆たちははじめて自分をとり戻したようにささやきをはじめた。いつもは大きな拍手に迎えられて登壇する天皇制反対論の弁士が登壇しても、まばらな拍手が散っただけで、そのざわめきは消えなかった。

＊

雨が降っていた。寮の庭の草も葉も黒く濡れている。三人の眼の前には、やはり雨に濡れた一枚の板切れが立っていた。上端に、かすれた墨で「陸軍」「海軍」と大書し、その下に点数が書かれてある。軍人《ソル》上りの学生たちが空気銃を使って射撃競技をした跡なのだ。小児《ダスキン》扱いされた軍人《ソル》たちは他の学生たちへの示威をかねて、鬱憤《うっぷん》晴らしによく空気銃を撃ち合った。鉛のミジン玉はその示威の空しさを笑うように、プスッ、プスッ、と気の抜けた音を立てて射《う》ち出された。柿見にも森にも、雨にまじって、その音がきこえてくるようであった。

＊

大久保（口重く）つまらぬいやがらせはしないがよい。……いやがらせでないとすれば、ふてくされた軍人《ソル》特有の欠点とは言うまい。おれたちの世代の誰にもああした衝動はある。しかし、ここは学問の場、知性の場だ。知性の裏づけのないことは、一切つつしんで欲しい。衝動的な行動からは、何も出てこないのだ。

森（憤然として大久保を見上げ）ぼくにだって根拠がない訳ではない。あなたたち反対論者は、現在の天皇制を論議せずに、過去の天皇制の悪だけを持って来て論議する。

問題をわざとこじらせては、天皇制をいじめつけるのだ。

大久保（皮肉な口調で）おもしろいことを言うね。いったい、どういう意味だい。

森　ぼくは「天皇制」という言葉で三つのものが考えられていると思う。一つは主権としての天皇制、終戦前の絶対的な政治権力としての天皇制だ。第二は、現在あるような国民の象徴としての天皇制、第三は天皇ヒロヒト個人を「天皇制」ととりちがえている考え方だ。ぼくたちのいま問題にすべきは、純粋に第二の天皇制のことだと思う。ところが、天皇制反対論者はいつも故意に第一の天皇制を第二の天皇制の上にかぶせて、否定しにかかる。いや、第一、第二、第三のすべてを混同させて、第二の天皇制を否定しにかかるのだ。その集中的な表われが、天皇の戦争責任論なのだ。いつも、あの大ダンビラをふり廻《まわ》してくるのだ。

柿見（雄弁な森を感心してみつめ）なかなかよく、勉強したじゃないか。

森　そりゃ、弁士に立つ以上は一応……。

柿見（ふと思いついて）それにしても、きみの議論は全く『大義』そのままの……。

大久保（強い声で横から）念のため、ひとつ訊《き》いておこう。森は天皇に戦争責任はないと言うのか。

森　全然ないとは言わない。ただ、資本主義である以上、天皇がいなくても戦争は起り、兵隊に行かされたと思う。天皇はロボットに過ぎぬ。戦前の天皇制は、日本の資本主義という枠の中に組みこまれ、天皇個人の意志も封じた機構なのだ。……すべてが資本主義の悪さ。資本主義である以上、植民地を求めて戦争は避けられなかったのだ。

大久保　たしかに避けられなかったかも知れぬ。しかし、天皇制がなければ、資本主義そのものだってああまで好戦的、軍国的にならなかった筈《はず》だ。滅私奉公などという、あれほど野蛮な軍隊生活も強制できなかった筈だ。平和な社会主義への芽を圧《お》し潰《つぶ》し、日本の資本主義を一気に帝国主義、しかも極めて悪質な帝国主義へ追いこんだのは、天皇という絶対権力なのだ。

柿見（念を押すように）じゃ、大久保さんは、あくまで天皇に戦争責任があると思うのですか。

大久保　もちろん、そうだ。彼は開戦の詔勅にも御名御璽《ぎょめいぎょじ》とりっぱにサインしている。借用証書や手形に印を捺《お》せば、必ず金を払わなくてはならない。いざというときになって、おれの印だが、おれの意志で捺したのではない。他人に腕をつかまえられて捺させられたんだ。かんべんしてくれと言ったって、通るものではない。身代たたき売ったって、印を捺した債務は支払わなくてはならぬ。金のやりとりについても、責任は絶対なのだ。ましてや、その印のために、何十万、何百万という人間がひきずり出されて殺されている。その責任を許される筈がない。

森（性急に）あなたたちは、いつもそうなんだ。悪しざまにしか過去をひき合いに出さない。戦争責任、しかも少数者の戦争責任だけできめつければ事足れりとしている。あなたたちのそうした考え方が、ぼくには腹が立って仕方がない。

大久保（眼を鋭く光らせてから、なだめるように）だから、一億が戦争に全面協力した姿を再現してみせてくれた訳か。きみにはきみなりの逆説的な論理があった訳だ。それも結構。だが、いま必要なのは、もっと積極的で生産的な論理、つまり、生きている論理なのだ。

森（苛立《いらだ》って）論理なんか、どうだっていい。ほんとうを言えば、ぼくはああいうことがやってみたくて、やったんだ。……ぼくは言いたいことを言う。やりたいことをやる。

大久保（きめつけるように）そういう行動主義こそ、ファシズムへ道をひらくのだ。

森　そうだろうか。すべての大人たちがやりたいことをやり、言いたいことを言わなかったからこそ、ファシズムになったのではないか。

大久保（答につまって黙りこんでから、語調を変え）きみは、あの賛成論が本気なのか。

森　まさか……。しかし、本気でああ考えたしこりのようなものが、いまだに体の芯《しん》に残っているのは事実だ。大久保さん、あなたがどれだけ、いろんな思想を注ぎこんでくれようと、あれに代る芯は一生ぼくの体に生まれないだろうよ。なあ、柿見。

柿見（大きくうなずき）……それに、ぼくは戦争中のぼくたちが空白であったなどと考えたくない。あれほど、すさまじいエネルギイを出し切った時期、良いにせよ悪いにせよ、自分たちの人間性のすべてを賭《か》け切った時期が空白であり、現在の自分と全然無縁なものとは考えられない。評価はどうでもいい。確実に燃焼し切っていた自分の存在を確認したい。たしかめたいのだ。

大久保　それじゃ柿見も天皇制賛成論なのだな。

柿見　賛成でも反対でもない。どちらとも態度をきめかねている。……それに、決めることは、それほど重要なことでないような気がする。天皇制への態度——それは、心のいちばん深いところで理性と感情と、そして体質化された体験とが静かに決めるべきもの、いや、決めるなどと言うことではなく、それら三つのものが静かに話し合うべきものと思う。決断を迫られることがあるとすれば、その静かな話し合いの中から、何かの声がにじみ出てくる筈だ。

森（悪戯《いたずら》っぽく）多分にセンチメンタルだな。

大久保（きびしく）いまのような歴史的転換期には、われわれの行動はひとつひとつ決断を迫られている。天皇制だってそうだ。……柿見に比べれば、森の方がまだましなのかも知れぬ。衝撃を与えて、行動して鍛えて行くのだ。

五

皇太子を見る機会が思いがけずやって来た。一年経った次の学園祭のときである。その年、学生討論会は行われず、代りに会話の達者な学生たちによる英語劇が予定されていた。

討論会ブームはいつか下火になっていた。学生たちを一時、上澄みの部分に浮き上らせていた社会が、すぐにまた厳しい圧力をとり戻し、学園生活の気ままな自由を奪いはじめたのである。抽象具象すべての世界を批判できると思いこむような心のゆとり時間のゆとりはなくなった。生活費は急騰し、それをまかなうためのアルバイトに追われ、就職難に備えて時には空腹をしのんでスポーツをする者もあった。

皇太子の来校は、学園祭の数日前に突然発表された。細胞・社研を中心とする左翼学生がまず騒ぎ出した。

「何のいわれもないセガレの来校を拒否しよう。セガレを入れるな。赤旗で竹矢来をつくろう！」

彼等は皇太子を「セガレ」と呼んでいた。天皇を「天ちゃん」皇后を「おふくろ」と呼ぶこの呼称は、その頃、左翼学生だけでなく案外多くの学生に使われ出していた。

「天皇」・「皇后」・「皇太子」と、まともに呼ぶことが気はずかしいような風潮さえあった。そうした呼称が急速にひろがったのは、学生たちの気短かな反撥《はんぱつ》によるためである。前年末、極東国際軍事裁判が、予想を裏切り、天皇を戦犯として訴追しないばかりでなく、証人にさえ喚問しないままで打切られた。天皇の罪を認めなかった訳ではない。ただ「政治的考慮」にもとづいて、天皇に関する一切の責任を頬かむりしてしまったのである。

同時に、レッド・パージ、アカハタの発禁など進歩勢力への弾圧がはじまった。天皇を温存したまま巻き返してくる強大な勢力を意識したとき、左翼の学生たちはもはや冷静に分析し論難する気力を失い、「天ちゃん」「セガレ」「おふくろ」などと呼び棄《す》てることで、ようやく鬱憤《うっぷん》を晴らしたりした――。

細胞事務室の戸口には、どこから集めてきたのか、青竹が並べて立てかけられた。皇太子が入らぬように竹矢来をつくるというのだ。「セガレを入れるな！」威勢のいい声が流れた。

これに対し、軍人上りの学生の中で、あの青竹を奪って竹槍《たけやり》をつくろうと言い出す者が出てきた。誰も使わなくなっていた空気銃を、まじめな顔で点検に来る者もいた。皇太子の親衛隊となって、アカの竹矢来をうちこわそうと言う。別に右翼でもないのだが、左翼学生の動きに挑発されたのだ。

だが、その騒ぎも老校長の一言で幕切れとなった。

「何のいわれもなければ、学園が解放される一日、とくに皇太子に限って来校を拒むのはおかしい。皇太子も人の子ではないか」

校長はそうした意味のことを言った。理屈でもあり、また、もともと進歩的な校長の言葉なので、左翼学生たちはおとなしく引き退《さが》った。

柿見は、その老校長の言葉がうれしく、痛快だった。やや前屈みの長身に白髪の美しい校長は、中世史を専攻する歴史学者であったが、その歴史学の講義で、十三、四世紀の軍隊の中には、敵が負けそうになると、こっそり裏から武器や兵員を送って戦争を長びかせたものもあるという話をした。戦争が終っては、食うに困るという訳である。何でもないそんな話も、柿見には戦争の未知の側面を知らされる思いがした。柔軟な思考ということを、柿見はどれほど、この老校長から教えられたか知れない――

――。

皇太子来校ときまったからといって、学園祭の行事予定に変更はなかった。新しいアーチ一本加えられる訳でなかった。戦争中工場に転用され傷んだままの講堂での英語劇、パン喰《く》い競走や二人三脚程度の運動会、他は各クラス各クラブの自発的な飾りものがあるだけなので、「皇太子だけが唯一のデコレーションだよ」と笑う者もいた。たしかに、見栄えのするものとてない学園祭であった。

その日の朝、右手に朝食のスイトンを入れた小鍋《こなべ》、左手に昼食の大豆まじりの握飯二つを持って、柿見が渡り廊下を戻ってくると、大きな風呂敷《ふろしき》包みをかかえて出かけようとする森に出会った。薄荷《はっか》のいい匂いがする。「皇太子が来るというのに」

「今日もアルバイトかい」柿見は、思わず咎《とが》めるような声を出した。

「皇太子を見たところで何の足しにもならん。それより一グロスでも二グロスでも売った方が気がきいている。生産的だよ」

森はアルバイトにS歯みがきの卸売りをしていた。それも、製薬会社から直接請負って、都内の小売商に卸しているのである。在学中に家でも建てるんじゃないか、――そう言われるぐらい収入も良いようであった。いつもは羨《うらやま》しい森の商才が、その朝は気にさわった。

「金儲《かねもう》けは、いつでもできるだろう。皇太子を見る機会はめったにないのだ。……皇太子は、おれたちにとっては無縁の人間じゃない筈《はず》。『大義』のことを、きみは去年だって……」

「皇太子を見て何になるんだ」森は強い語調でくり返し「おれは理屈というか、打算で態度をきめることにした。きみとはちがうんだ。きみは去年言っていたな、理性と感情と体験とが、静かに話し合って態度を決める。そういうきみには結構な機会だろう」

皮肉な口調で言う森を、柿見は眼に力をこめて見据え、

「たしかに、おれは去年そう言った。いい気な考え方だったと思う。きみにセンチメンタルと言われたけど……。本心を言おう。おれは、ひとりで皇太子を見るのがこわい。いまはこれ以上、新しい経験を重ねたくないし、感情を乱されたくもない。もろい落着き方かも知れぬが、心は安定している。ここへ良いにせよ悪いにせよ、強い印象を与えられれば、この安定はひとたまりもなく突き崩されてしまう。もし悪い印象だったら、あの『大義』につながる過去が全然空しかったと知らされる訳だ。あれほど確かだった自分の存在、自分の努力が全く空虚だったと気づかされるのだ。おそろしいことだ。……こんな危険な決断へ、わざわざ踏みこみたくはない」

「それなら止《よ》せばいいじゃないか。まず、良い印象を受けはすまい。威張っているとか、逆に、みじめ過ぎるとか、そんなところが落ちだ。たとえ、皇太子は良かったとしても、とりまきが不愉快なのにきまっている。腹が立つだけだ。きみの言う『大義』の幻影が粉々にこわされるだけだ。何のために、おれは生命と青春を賭《か》け、種村を殺し、歯を折ったのかと、たまらなくなるだろう。……やけになって、また酔い潰《つぶ》れてくれるなよ。女のことで酔い潰れるのは可愛いところもある。だが、天皇や皇太子のことで、くだを巻かれたんじゃ……」

そのまま歩き出そうとして、ふと思い出したように、

「昨日新橋《しんばし》で、珍しい人に会った。誰だと思う」

柿見には見当もつかない。また、かつがれるのかと警戒的になる。

「善次郎さんだ。肥田の弟の……。不自由な体で東京見物へ出て来たと言うのだ。何だか、傷痍《しょうい》軍人の優待乗車制度がなくなるので、見納めに出て来たと言っていた。W大やT建設の顔見知りのところを、順に訪ねるんだそうだが、あの頭、あの姿じゃなあ……。片眼をむき出し、白衣の肩を振るようにして、びっこひきひき銀座の方へ消えて行った。大きな廃墟《はいきょ》のような骨格が残っているだけで、あのすばらしい建築技師の面影はもうどこにもない。美人の奥さんにも逃げられたそうだし」

「ひとりで東京見物に出すなんて、肥田さんは何という人だ」

柿見は、復員の朝の肥田ではなく、入隊列車の中の傲慢《ごうまん》な肥田の姿を思い浮かべて言った。その肥田は、いまはG町の収入役におさまっているという。

「厄介者扱いしてるんだよ。弟とはいっても、治るあてのない不具者だ。デッキでふり落されるか、自動車にはねられるかすればいいぐらいに思ってるんだろう」そう言いすててから、口調を落し、「おれも時間に追われていて、案内する暇もなかった。今日の学園祭にでも招待しておけば良かったなあ。迫撃砲にやられた頭に、皇太子の像がどう映るのか見ものだよ」

「よせ！」柿見ははげしく言った。

「冗談だよ。さて」と、森は風呂敷包みを抱え直した。歯みがきの匂いが鼻をつく。

「おれは、お客さんが待ってるし、それに、帰りには女性も待ってるんでな」

話している間も惜しいというように、森は、一、二度顎《あご》を振ると、歩き出した。

「森！　いっしょに皇太子を見よう」

柿見はすがるように叫んだ。森は首を大きく横に振り、廊下から見えなくなった。

学園祭に出る気力はなくなった。ところどころ表がはがれ、燈油《とうゆ》色になった寮の畳にねころんでいる。見る価値のない学園祭。皇太子だけが唯一のデコレーションだというのは、当っていた。英語劇はつまらぬし、運動会に出る体力もない。学園祭に行くとすれば、皇太子を見るためだけである。わざと心をゆすぶりに行くだけの勇気が湧かない。森に言い返されたように、悪印象を受ければ感情は崩れ、体験も傷つく。いまは感情と体験だけで『大義』につながっている水脈も、完全に断たれてしまう。未練があった。幻影でもいいから、『大義』にこたえる別世界を手に触れずに残しておきたかった。皇太子の印象が『大義』の世界に決定的な衝撃を与える予感。その予感に逆らってまで出かける理由はなかった。

寮の学生たちも、柿見のように寝そべったり、所在なさそうに本を読んだりしていた。客が来て出かけて行く以外に、進んで学園祭や皇太子を見ようという気にもならない。見て何になる——学生たちの多くは、森の言ったのと同じ気持のようであった。寮の玄関から、ときどき来客のあった学生の名が呼ばれる。下駄《げた》の音や靴音が重なって遠ざかり、寮はまた静かに眠りこんでしまう。雨漏りで垂れ下った天井のベニヤ板を見上げながら、柿見はひろみを待ちあぐんだ前年の学園祭のことを、いつか思い出していた。白い小さな顔。ひろみはどうしているのだろうか。遠い田舎にあずけた妹を気づかうような感じである。胸もとがあたたかく濡《ぬ》れてくる。あれから後も別に消息はない。森にかつがれたのか、それとも、海軍での種村との一件を森がばらしたのか——幾度となくくり返した疑いが戻ってくる。さめの撞《つ》く鐘の音が、耳もと近く流れてくる気がした。いまも、さめは朝昼あの十九の鐘を撞き鳴らしているのだろうか——。

学園祭の午後になり、親戚《しんせき》や家庭教師先の子供に引っぱり出されて記念祭に出かけていた連中が二人、三人と戻って来た。彼等は元気のいい客たちに校内を引き廻《まわ》されて、ふらふらしていた。

柿見の部屋でも、帰ってきた二人の学生と大久保との間で学園祭の話がはじまった。

皇太子の話も出た。

供ひとり連れただけの皇太子は、校長に案内され、学生や一般の来客たちと後になり先になりして校内を歩いていたという。「この学校に野球部は？」との皇太子の問いに、校長は負けることしか知らない野球部をかばって、「他校の野球部のために置いてあります」と答え、皇太子を笑わせた由。彼等は皇太子に「セガレ」という呼称を用いていたが、それでも話の内容は、柿見の耳に心地良かった。行って見ればよかったと、軽い悔いのようなものが萌《きざ》す。

話題はパン喰《く》い競走に移った。二人はパンだけくわえると、ゴールに行かず、そのまま戻って来てしまったという。比較的空腹がちの寮の学生たちは、ほとんどがパンだけくわえて戻ってしまう由。柿見も、その珍風景を想像すると、おかしさがこみ上げてきた。皇太子もその光景を見たであろうか。またとない滑稽《こっけい》なパン喰い競走を。

それまで、ひとり離れて寝そべっていたが、急に話の仲間入りがしたくなった。明るい皇太子の顔がたしかめたくて仕方がない。

「しまった。おれもパン喰いに行くんだった」

大久保が真顔をつくって言っている横へ顔を出し、

「皇太子もその競走を見てたんですか」

学生たちは不快そうな顔になり、「さあ、どうかな」

柿見はそれにも構わず、念を押した。皇太子の愉快そうな顔を思い、心が浮き立つのだ。

「きっと皇太子も見てたでしょうね」

　重ねて言った柿見のその言葉は、いっぱい巻かれていたゼンマイをはじく結果となった。その勢に、柿見は話の外に吹き飛ばされた。

「どうして、そんなにセガレにこだわるんだ」「セガレなんか、どうだっていいじゃないか」

「あいつのように腹を空《す》かせたことがねえ奴に、ほんとのおもしろさがわかるものか」「『空腹』という言葉は、あたしの辞書にありません――そんな顔してたぜ」「セガレもそうだが、おふくろを見てみろ。あのよく肥《ふと》ってること」

「セガレ」「おふくろ」「天ちゃん」と、ブリキ屑《くず》でも投げつけるような声が、右、左から柿見の頭に刺さった。大久保の声もまじっていた。体が熱くなり、空気銃が頭の隅でちらついた。

「くやしかったら、パン喰い競走に行きゃよかったのに」

「ばか、柿見の口を見ろ。パンをくわえたら、入れ歯が落ちちまうぞ」

　その声に、柿見ははっと口を蔽《おお》った。銃をかばって折れた前歯のあとには、サンプラの入れ歯がはめてあった。廉《やす》い金属なので、すぐ灰黒色に汚れてしまう。醜い歯と人にも言われ、柿見もそれを苦にしていた。口を押さえていると、怒りがこめかみに突き上げてくるのがわかった。

　大久保が冷たい声で言った。「柿見、セガレを見ておけよ」他の二人も「ゾルは行くべきだ」「ためになるぜ」とかぶせて言う。

柿見は眼をつり上げて、大久保を見返した。一年前、森と三人で天皇制について議論し合った夜のことが鮮かに思い出されてくる。そのまま無言で大久保と見合っていると、横から苛立《いらだ》たしそうな声がかかった。

「どうしてセガレを見に行かないんだ。おまえや森はセガレに大いに関心があるんだろう。やせがまんはやめて、見に行ったらどうだ」

見に行かぬのはやせがまんではない。見に行くことがこわいのだ。この気持がわかるものかと、その声を黙殺し、大久保をみつめつづける。

大久保のねばりのある視線は、柿見の心の底まで見透かしてくるようであった。相変らずの不決断を責めるようでもあり、柿見の心の怖れを知り抜いているようでもあった。

柿見は唇を嚙《か》み、「行くよ。行こうと思ってたところだ」

きっぱり言って、背を向けた。立てつけの狂った重い一枚戸を開けるとき、話し声のとぎれた背後から、六つの視線が灼《や》きつけてくるのが感じられた。

朝、森と出会った廊下を渡る。森はいまごろ一日の売上げを終って、女と逢引《あいびき》しているのではないか。柿見ひとり、いちばんつまらぬ籤《くじ》をひかされているような気がした。

強い風に背を圧されるようにして歩きはじめる。すすきの白い波の中から、寮に戻ってくる一人の学生の姿が現われた。見た瞬間、柿見は目をそらそうとした。右腕のつけ根のところから無くなっている。柿見より四つ五つ年長、ふつうなら、もう大学も卒業という年齢なのだが、学徒出陣でそうした姿になって帰ってきたのだ。いつも田舎の中学生のように、肩からズックの鞄《かばん》をかけている。雨風の強いときは、一本の腕で傘をさすのをあきらめて、レインコートだけで出て行く。誰も近づけない。年齢のへだたりもあって、ほとんど誰とも口をきかないのだ。

その男の姿に、柿見は肥田善次郎のことを思い浮かべた。肩をゆすぶり、びっこの体をひきずって、今日も東京のほこりの中を歩いているであろう。あの善次郎とでもいっしょなら、ひとりで見るよりは少しは心の負担も減ったかも知れぬ。善次郎の半ば惚けた頭脳に、皇太子が何と映るか見るだけでも……。それにしても、あの学生も皇太子を見にきたのだろうか。

落葉を踏んで靴音が近づいてきた。片腕がないと歩き方も歪《ゆが》むのか、やや、びっこな靴音だった。すれちがおうとする瞬間、柿見は思いきって声をかけた。

「皇太子を見ましたか」

精いっぱいの声であった。

相手はかたい表情のまま、柿見を見ようともせず、

「いや」

それだけ言うと、通り過ぎて行った。

くぬぎ林越しに、図書館の時計台が見えた。晴れた日そこに登ると、多摩《たま》・丹沢《たんざわ》の山系に至る南関東一円の平野がパノラマのように望まれた。まっすぐ西に、波うつ武蔵野の台地をきわめて行くと、高尾《たかお》山《さん》から小仏《こぼとけ》峠にかけての葡萄《ぶどう》色の山容がひときわ美しい。柿見はその眺望が好きで、よくひとりで時間を潰《つぶ》したものである。一息に時計台へ登ってしまおうか。そうささやく声もあった。

すでに夕暮近く、秋の冷気が高い樹々の梢《こずえ》から下りてきており、校内には学園祭があったとは思われぬほど人影も少かった。英語劇も終ったのか、講堂は大きく口を開いて、うす暗い椅子の列を見せていた。

皇太子はもう帰ったのだろうか。ほっとしていい筈《はず》なのに、ひどく気落ちがした。端の方だけ黄色く夕陽に浮き出ている芝生を横切って歩いて行く。後片付けしているらしい学生の呼びかわす声が、空気をふるわせてきこえた。

苔《こけ》むした自然石を組んだ石垣に沿って、本館近くまで来たとき、柿見ははっと呼吸をつめた。二、三十人の人影が、煉瓦《れんが》づくりの本館の前にぶざまな弧をえがいて立っている。その中に黒い箱型の車が見える。皇太子がちょうど帰るところであった。柿見は小走りに駈《か》けた。

少数の学生、事務員、女子大生風の娘、近所の主婦や子供たち、そうした雑然とした薄い人垣の後にそっと立つ。墨を吹きかけたように地味なその人垣は、声も立てず、皇太子を待ち受けていた。背後の泉水で、鯉が大きな水音を立てる。二人の子供が人垣を崩して走り去った。

突き出されるようにして、そこまで来てしまった。不決断のまま、いま、皇太子を見ようとするのだ。柿見にとって生涯のきめ手ともなるべき瞬間を、こうした曖昧《あいまい》さの中に迎えてよいのか。何にともなく、後めたさが湧いてくる。戻ろうか。いや、戻るまい。曖昧な自分だからこそ、大久保の言うように、この衝撃が必要なのだ。それに、おれの本当の気持は、皇太子を見たがっているのではないか。永い『大義』の遍歴の後で、理屈抜きに皇太子を仰ぎたがっているのではないか。

そのとき、人垣がわずかにざわめいた。暗いポーチの下から、校長の白髪が現われる。いつも何かの思いにとらわれているような顔が、気持よくほころんでいる。その白髪と対照的に黒く陽焼けした少年皇太子の顔が続いた。蛇腹のついた学生服がよく似合う稚い顔。距離をおきながら、柿見の心いっぱいに一対一でかちんと応《こた》え合う顔であった。頬から顎《あご》にかけて多少女性的に見えるやわらかな線を眼が締めている。てらいも濁りも知らぬ褐色に澄み切った瞳《ひとみ》。死んだ種村だけが持っていたような瞳であった。表情にはつくったところもなく、親しみを流してくる顔でもなかった。それでいて強く胸に衝《つ》き迫ってくる。それは無心な子供が生地そのままで与えてくれるような結晶した親愛感であった。その瞬間、柿見は「セガレ」と騒いでいた連中をひっぱって来たい衝動を感じた。ポーチの蔭《かげ》を離れたとき、皇太子は反射的に会釈の手をあげようとした。しかし、そこに立杭《たちぐい》のように並んだ無統制な人垣が何の反応も示そうとしないのを見て、その手を痙攣《けいれん》でもするように小刻みにふるわせて、ひっこめた。人垣は少年皇太子に対する不整合な感情をそのままに映して、万歳するのでもなく、頭を下げるのでもなく、ただ、皇太子をみつめている。それは柿見自身と全く同じ心の姿勢をとってでもいるかのようであった。学生に歓迎の指令一つ出すでもなく、ひとりで皇太子を案内して廻《まわ》った老校長は、その場の空気など相変らず気にかけず、落着いた足どりで自動車の方に進んで行く。

一瞬その場に立ちつくした皇太子は、気の毒なほど間の悪そうな表情で、いそいで校長の後を追った。人ずれしていない素朴な一少年——その当惑のさまが、また烈しく迫ってくる親しみを感じさせた。この皇太子と校長の間なら、野球部をめぐるユーモラスな対話もあり得ると思った。

皇太子を乗せた車は、相変らず万歳も会釈もせず無愛想に凍りついたような人眼の中を動き出した。校長ひとりが車に向い、微笑を浮かべて会釈していた。箱型の車は、校門を左折すると、エンジンの音を高め、薄暮の武蔵野の中へいっさんに走って行った。それは、気づまりな視線の網から逃れようとする少年の思いそのもののようであった。

　これでいい、これでよかったのだ――柿見の胸にあたたかなものがぐんぐんひろがって行った。何ひとつ解決されてはいない。だが、『大義』につづく世界を考えて行く上で安心できるきめ手を与えられたのだ。それを森と共有できなかったことが残念であった。

　いまとなってみると、皇太子を見るまでの心の混乱が、涙が出そうなほど滑稽《こっけい》に思われた。なぜ、あれほど脅えていたのだろうか。衝撃を与えてみろ、という大久保の意見は当っていた。その結果は、恐らく大久保の予期していたのと反対の手ごたえを柿見に残したのであるが……。

『大義』の世界は仮構でも空虚でもなかった。柿見たちがあれほど烈しく身命を投入した時期にたしかに応えるもの、少くとも裏切らないものを、あの素朴な少年は持っていた。呪縛《じゅばく》されそうな硬質の親愛感――それは正しく『大義』に代り、『大義』につづくものであった。いま、あの皇太子に危難が迫れば、身を賭《か》けるかも知れない。理屈ではない。それは、目前で無心な子供の溺《おぼ》れるのを見逃しできないのと同じ気持であった。

　冷たいほどの風が歯を刺して過ぎた。義歯のつぎ目が病める。いつか、まわりの人垣は解けて、柿見ひとりが残されていた。

黄昏《たそがれ》が迫り、武蔵野を渡り疲れた太陽が高いヒマラヤ杉の梢にかかっている。樹影の長く流れる芝生の道を、柿見は大股《おおまた》に歩き出した。黄ばんだくぬぎ林の向うに、寮の屋根が見えてくる。屋根の上には、あかね色の夕映えを浮き立たせ、一筋、水路のような青い帯が流れていた。その空を截《き》って、鴇《とき》色の『大義』が白い頁をひらひらさせ、次第に小さくなりながら舞い上って行く。

体は体重が抜けたように軽い。何ひとつ解決されてはいない。だが、いまは、『大義』の世界に完全に裏切られなかったということだけが限りなく尊かった。

第二部

一

肥田ひとりがしゃべっていた。

盛り上った口のあたりが休みなしに動いている。森の家族はもとより、通夜の客たちも受け応えする気力を失くし、気抜けした眼を畳に落している。夜がふけ、涼しい風が吹きこむようになって、死者の枕もとの蠟燭《ろうそく》の灯がゆらぐ。

肥田の声がとぎれると、誰ともなく、ほっとしたように息をつく。家の裏手から、虫の音も高まってきこえ出す。すると肥田は、またすぐ思い出したように話し出す。自分の声で虫の音を払い消すことが死者へのつとめと思いこんでいるかのように雄弁であった。

肥田が熱を入れて話しているのは、今度Ｓ山脈の麓《ふもと》から引かれてＧ町を通ることになった用水のことである。地味が肥沃《ひよく》な割に水不足で、五年をあげずに旱魃《かんばつ》に見舞われていたこの地方へ用水を引く計画が起り、収入役からいまはＧ町の町長になった肥田がその推進者の一人になっていた。

肥田の話の内容は、その場にいる人たちがすでに幾度もさまざまの席で肥田自身の口からきかされていたことである。人々が黙りこんでいるのは、相槌《あいづち》を打つのに飽き飽きしているためでもあった。顔を上げて肥田を見守っているのは、柿見と森の二人だけである。二人の肥田を見る気持は異っていた。

柿見は、四年前、あの鳩色の朝もやの中で空の牛車をひき、顔も上げず、声を出すのもはばかる風情だった肥田と、眼の前の精力的にまくし立てる男とをつなぐのにとまどっていた。森の方は、かつて父親の声が占めていた空間にひとり肥田の声をきくことで、父の急死を自らに納得させようと努めている様子であった。もともと胸の悪かった森の父は、酷暑つづきに、現場廻りの途中喀血《かっけつ》し、行き倒れのようにして、そのまま息絶えたのである。

反応のないその場の空気に、肥田はようやく用水についての話を打ち切り、森を見た。森がそこにいたのにはじめて気付いたというような眼をして、

「おぬし、学校は止めるんだのう」

H高校を終えて、森はT大の建築学科に進んだところであった。柿見は京都K大の法学部に進んでいた。

「終戦後は実力の世界だ。学歴を持ったところで大して役に立ちやせん。それに、こ

の大家族」と、太い猪首《いくび》をのばすようにして、隣室に並んで臥《ね》ている子供たちの頭を見直し、「おぬしが働かにゃ、食って行けやせん」

森は二、三度またたきをすると、円い眼をいっそう円くして、

「やめますとも、もちろん」

はっきりした声で言い切った。自棄的ではなかった。親類筋らしい人の中から、そんな簡単に、との声がきこえた。せっかくT大に入ったばかりなのに、と中年の女の声がふるえる。肥田はその声の方に顔を向け、

「どれだけええ学校を出たところで、最後はその人の実力だ。それに運ということもある。うちの善次郎を見てみい。大学を出て、りっぱな建築技師だと、わあわあ言われとって、そのあげくが、いまのざまだ。わしの弟だが、乞食《こじき》にも劣るわい。……万事は運と、それに実力じゃ」

おれは小学校を終えただけで町長になったぜという含みが、あからさまに出ていた。柿見は反感をそそられた。だが、それに対する森の反応は意外であった。

「そうだ。善次郎さんのようなことがあるからなあ。……学校なんか」

柿見は強い視線で森を見た。森は円い眼でまたたいて見せたが、歯は下唇を嚙《か》んでいた。七人兄弟の長男で父親に死なれれば、家に戻るほかないと心にきめているようであった。

「土建屋をやりますから、肥田さん、いろいろ頼みます」

森は頭を下げた。肥田は広い肩幅を見せるようにして、

「これからは町でもいろいろ工事がある。わしでできるかぎりの面倒を見よう」

どうぞお願いします、と、森の決意に驚いたばかりの親類の者たちまで、声を添えて頭を下げた。下った頭の向うに、種村ひろみの白い横顔が浮き上って見えた。ひろみは一言も口をきかないで坐《すわ》っている。

肥田の満足そうな視線が、そのまま横にずれて柿見を見た。

「おぬしはまた歯が折れたのか」

「ええ」と答えながら、手はいそいで口を蔽《おお》った。醜い口をひろみにも見られていたのかと、心がさわいだ。海軍で折ってサンプラの義歯を入れておいたその並びの歯が、二日ほど前、突然ぽろっと落ちた。掌にとって指に力をこめると、象牙《ぞうげ》質は白墨のように脆《もろ》くくずれた。銃をかばって岩盤に激突したとき、その歯も外から見えぬところでやられていたのだ。柿見は、傷ついたままそれまで生きてきた歯が哀れで、掌の白い粉を即座には棄てかねた。

「一本は海軍で折ったのだったのう」

陽灼《や》けと煙草の脂とで黄褐色に染まった太い指が、柿見の義歯を指して突き出される。

「どうなさったの？」

横から、ひろみの声がきこえた。

柿見ははっとした。ひろみの顔がまともに見返せない。鉄砲をかかえてころんだのだ、と肥田が柿見に代って説明し出した。かなり正しい記憶であった。ほう、菊の御紋章をかばってか、と感嘆した声が漏れた。柿見は身をかたくしていた。ひろみの視線が灼きつくように横顔に注がれている。森の視線もまといついている。「種村もそうでした。彼は結局、命を賭けて……」と衝動的に叫び出しそうであった。膝《ひざ》におく拳《こぶし》に力をこめ、ただ身を低くしてその衝動をおさえた。虫の音と人声が耳のまわりに入り乱れて渦をつくった。耳のつけ根が熱くなる。

「わしは失礼しよう。まだ一軒、通夜があるんでのう」

耳のすぐ近くで肥田の声がした。

もう一軒あるのですか、それは御苦労さまに、人々はあわてて腰を浮かせた。柿見とひろみの二人だけが席を立たなかった。にらみ合うような形で残っている。まあまあと制しながらも、客たちすべての視線を受けて、肥田は靴の紐《ひも》を結んだ。

「わしにできることなら力になるでのう」玄関いっぱいに声をひびかせて出て行く。表の道からは話し声や下駄《げた》の音などが重なってきこえた。映画館のナイト・ショウがはねたところであろう。

『まだ一軒通夜がある』とは良かった」

座に戻ると、森がいまいましそうに言った。頭を下げたものの、父の死も誰の死もほとんど同じ自己宣伝の機会と受取っている肥田の根性が身にこたえた様子であった。

「ほんとに通夜があるんかいのう」

「いや。ああ言うといて、政子さんのところへ行くんじゃなかろうか。ほら、善次郎の嫁さんよ」

「そうだ。それにちげえねえ。通夜言うとけば、かみさんも気付かしめえ、それに時間もちょうどええしのう」

「善次郎さんの嫁がどうしたと言うのだ」森がきびしい表情になった。

「肥田さんが囲ってるんじゃ。駅裏に飲み屋を出させて」

「善さんも気の毒に……。肥田さんに食わせてもらってはいるが、その代りに嫁さんをとられてはのう」

「気付いたら大変なことになろう。不具者のうらみはこわいと言うで……。ただ逃げられたと思っているうちはええが」

口々に話し出す声で座はにぎやかになった。

「ひろみさん、もう帰って下さい」その場の空気を静めるように、森が言った。「途中まで送りましょう。それから先は柿見に送ってもらって……」

ひろみ、森、柿見と三人横に並んで国道を歩き出した。車の影はなく、広い道を風だけが気ままに吹き過ぎていた。ひろみも森も黙っている。重苦しい感じだった。その沈黙を破って何を話し出していいのか、柿見にもわからなかった。

「五月祭にセガレが来てなあ」

森に突然そう言われたとき、柿見にはすぐにはその意味がのみこめなかった。五月祭とはT大伝統の学園祭である。そこへセガレ——皇太子が行ったと言うのか。

「皇太子を見たのか」

過ぎ去った秋のあの素朴な少年像を思い浮かべ、森もあの像を共にしてくれたのかと思わず声をはずませた。

「見ようと思ったんだがねえ」

言いよどんだ森の口調に、柿見はせきこんで訊《たず》ねた。不吉な予感がした。

「どうした」

「よく見れなかった。その他大勢がうるさくてねえ」

「みんながとり巻いたのかい」

それもいい、と柿見は思った。見る人が多ければ、あの少年像もよりひろめられよう。そうした正当化を試みかけた柿見の心は、次の森の言葉で手ひどく打ちこわされた。

「それもあるが、ついて来るのが多いんだ。自動車三杯、それに護衛らしいのが目ざわりでね」

武蔵野の中のH高とはちがい、都心にある名門のT大のことゆえ、随行者も護衛も多かったのではないか。そうは思っても、柿見には老校長ひとりに導かれていた少年の姿がきわ立って清潔に見えて仕方がない。皇太子との間にセルロイド板が一枚すとんと音して落された思いである。

「けしからんよ、じっさい」

と、森がつづけて言うのにも黙ってうなずいた。仰々しい供奉《ぐぶ》を目撃したときの腹立ちが想像できた。

だが森は別のことに腹立っていた。

「原爆展をやってた。その入口へ来てセガレが『こんなつまらぬものは見ない』と言ったんだ」

横腹を蹴《け》飛ばされたように、柿見はしばらく声も出なかった。ただ森の顔を見すえるばかりである。三人はいつか路上に立ち止っていた。全く予想もしない話であった。

「ほんとうか」

ようやく、あえぐように問い返した。

「まちがいない。大学新聞でもとり上げた。……きみの言っている皇太子とは、まるでちがっていた」

柿見の心の中にまっすぐ踏みこんでくる口調であった。森の目撃した像は、森の心深くに灼きつけられている。柿見の知る少年像をどれほど雄弁に持ち出そうとも、その深みまではおよびそうもなかった。

二、三歩先でひろみがふり返った。

「セガレって誰ですの」

「皇太子のことだよ」

「あら皇太子さまを！」

思わず声を高くするひろみに、森はおしかぶせるように、

「セガレで結構。原爆展をつまらぬなどという皇太子は」

ひろみは顔をそむけた。柿見は眼をみはって森をみつめていた。森がセガレと呼ぶのははじめてであった。討論会では天皇制賛成論で満場を煙《けむ》に巻いた森である――。

再び歩き出した三人の足なみは不揃いであった。一歩踏み出すごとに、沈黙が厚みを加えて行く。セガレ、皇太子、皇太子さまの三人の皇太子が三人の頭脳を別々に占めているのを、柿見ははっきりと感じた。その間にかける橋はなかった。皇太子を体験でとらえることは無力なのだろうか……。それでも柿見には、少年皇太子の像が他の二人のどんな映像よりも絶対的にたしかなものに思われた。

背後からヘッドライトの光が射《さ》してきた。地をゆるがせて、大型トラックが近づいてくる。一度ひとかたまりになった三人は、車をやり過すと、また、ちりぢりに歩きはじめた。

闇を前へ前へと押して進んで行くヘッドライトの白金色の光の中に、一つの人影が浮き上った。光を浴びてよろめきそうになったが、ライトに眼がくらんだせいだけではないらしく、トラックが過ぎた後のうすい闇の中を相変らずよろめきながら近づいてくる。距離がせばまってみると、肥田の弟、善次郎であった。不自由な右腕をかかえこみ、体をゆすぶって歩いてくる。夜気の中に汗臭い体臭が漂ってきた。ナイト・ショウの帰りなのだが、びっこのため、一人おくれて歩いてきたのであろう。

森が声をはり上げた。

「善さん、今夜は何でした。……何という映画？」

「さあ、どういう題だったかな」

「洋画？　それとも日本映画？」

「日本のだ。アメリカのは字がようわからんで」

大学を出た建築技師当時の面影はどこにもなかった。ひろみが横から救うように、

「大変ね。夜おそくでは」

「でも、まけてくれるんだ。おれに限って、十円ひいてくれる」

「三十円のところ十円ひいたら、二十円じゃないか。善次郎さんの顔かい？」

冷やかす森の声に、善次郎はフォッ、フォッと、物でも噴き出すように笑った。

「そう。顔かなあ」

善次郎の前身を知る映画館主が、びっこをひいて出かけてくるのを憐《あわ》れんで、まけてやっているのであろう。

森は話題を変えた。

「帰っても、奥さんがいなくて淋《さび》しいでしょう」

慰めているのではない。通夜の席できいた話に探りを入れようとしているのだ。柿見は制止しようとした。だが、森のそうした残酷な心の動きが、父の急死という衝撃に結びついていると気づいて声をのんだ。

善次郎は森の問いにとまどっていた。答えなくてはならぬと思いながら、言葉が出てこないのだ。四本の指が彎曲《わんきょく》したままの右手をふるわせている。その後でようやく、

「運命だと思ってあきらめとる。運命だと思って……」

「肥田にしつけられてるんだ。肥田の奴」柿見は森の耳だけに届く声で言った。肥田も肥田なら、あっさりと肥田へ頭を下げた森への不満もこめていた。

「いや。本心かも知れぬ。そう思ってるからこそ生きて行けるんだ」森は低い声で柿見に言い返すと、善次郎に向い、「そうだよ。人間万事、運だ。これからだって、ど

んな良いことがあるかわかりゃせんよ」――

森が善次郎と同行するというので、そこから先は、柿見とひろみの二人だけになった。柿見は奇妙な気分だった。その機会を待っていたようでありながら、二人だけになってしまうと、種村のことがすぐ頭に舞い戻ってきた。それを振り払うために何か話さなければならぬ。柿見がそのとき口にしたのは種村さめのことであった。

「おかあさんも大変でしょう」

「ええ。父の病気がはっきりしないものですから……。それに人の中へ出るのを、いやがって」

通夜へのさめの不参を詫《わ》びる口調に、柿見はあわてて、

「相変らず鐘を撞《つ》いてみえますか」

「ええ」

「復員の朝、この道を肥田さんの牛車に乗せてもらってきて、あの鐘を聞いてびっくりしました」

言ってから、言うべきではなかったかと気がとがめた。ふつうなら、種村もまた柿見と肩を並べて復員した筈《はず》ではないか。肩を並べて……。その肩で柿見は種村を突き飛ばし、その上、かばおうともしないで死に追いやってしまった――。

「みなさんがどんどん復員してみえるので、あの頃は母の姿を見ていられませんでし

たわ。鐘を撞くときは、撞木《しゅもく》ごと自分の体を突き当てるような勢いでした」

鼓膜を圧して鳴り渡ったあの朝の鐘。異様なほど緊迫した音であった。切断した両手の小指、打ち鳴らす十九の鐘――眼にも耳にも、子を思う種村さめの姿が鮮かに迫ってきた。

「りっぱなお母さんですね」

柿見には辛うじてそれだけが言えた。その瞬間、柿見は心の隅で父の死以後呆けたように無気力な自分の母をきびしくひき比べていた。

「りっぱではないけど、恐ろしいほど、死んだ兄たちに魅《ひ》かれているんです。子供というものがそれほど慕わしいものかと、肉親であるわたしでさえ、ときどき思うほどですわ」

ひろみの声は柿見の咽喉《のど》をしめつけてくる。言ってしまおう。おれの肩があなたの兄さんを殺したのだと。言った後、どうなろうと、この心の重さだけは減るにちがいない。種村を殺したのは、森の言うように菊の御紋章なのか、それとも、やはり柿見の肩なのかは、さめやひろみが裁いてくれよう……。いや、話すにはおよぶまい。話して種村がもどる訳でもあるまい。子を失ったさめの悲しみは変らないのだ。それに、いまから思えばまるでつまらぬことだ。そのつまらぬことで、種村の命は奪われたのだ。結局、種村の運が悪かったのだ。運――柿見はそこまで来て、はっとした。全身の血がとまり、はげしい勢いで逆流しはじめる。肥田や森になってはならぬ。言ってしまうのだ。

「種村が死んだのは……」

そのとたん、

「何もおっしゃらないで」

はげしく、ひろみに遮られた。森がすでに漏らしたのかと疑いがかすめる。

「種村の死んだのは……」

ふるえる声でくり返す。

「おっしゃらないで。……済んでしまったことです」

言い棄てると、ひろみは顔をそむけた。整った白い横顔が、死んだ種村の輪郭そのままである。

右手に善楽寺の黒い森が見えはじめた。水田からは蛙の声がくるくる丸まりながら、道に上ってくる。新しく折れた歯をなだめるような声である。

ひろみはそむけた顔を戻した。大きな瞳《ひとみ》が柿見をみつめて、

「いつか、H高の学園祭では、わたしを一日お待ち下さったそうですのね。何もはっきりお約束した訳ではなかったのに。ほんとうにお気の毒しました」

ひろみを待ちあぐんで泥酔して暴れたあの夜のことを、森は話してしまったのか。

肩にさわるな、と叫んだことはどうなのか。恥ずかしさもあって、眼をそらす。ただ声だけに力をこめ、

「今度はK大の学園祭へ来て下さい。京都は近いから、ぜひ」

ええ、と声は小さかったが、ひろみの首は大きくうなずいた。

二

何も彼《か》もちがっていた。一年前、少年皇太子を迎えたときと、まるで裏腹の風景であった。

学園祭を前に、K大への天皇行幸が発表されたとき、これほどの騒ぎになろうとは恐らく誰も予想しなかったであろう。天皇行幸の真意がニューヨーク・タイムズの伝えるような「今や天皇と吉田首相が講和に対する日本国民の不安の念を和げる役割を果すべきである」という任務にあったとするならば、K大の場合、全く逆の効果を生んだというほかはない。予想外の騒ぎに筆もとまどったのか、その日の夕刊では、わずかにA紙一紙が報道しただけで、翌朝になって、はじめて事の重大さがわかったというように各紙競ってセンセーショナルに取り上げたのである。

柿見には、騒ぎへの確実な予感があった。学校当局の出方がH高とはまるでちがっ

ていた。もちろん、それは学校だけの意向ではなかったかも知れぬ。それにしても、学校は学生の心の動きに盲目的であり過ぎた。ただ世の慣行におもねる形をとったのだ。行幸を前に、本館玄関・廊下からはじまり、天皇が進講を聴き、休む部屋部屋の大々的な改修がはじまった。天皇の眼にとまる筈の壁だけが白く塗りかえられる。

　学園祭をはさんで市民に公開の予定であった原爆展は、学生たちが願い出ていた部屋の使用を拒否され、予定通りの開催ができなくなった。T大の原爆展で、皇太子は、つまらぬものは見ないと言った。森からそれを聞いて間もない今、K大では天皇行幸のために原爆展そのものが開催できなくなったのだ。皇太子と天皇の父子が原爆展を忌避することですっきり一筋に連らなったことが柿見には悲しかった。あの少年がそんなことを言う筈はない。その父の天皇もまた……。天皇父子にそうした態度をとらせているにちがいない一つの組織が、はじめておぼろに感じられた。それは、もはや存在してはならぬもの、幻影すら現われてはならぬ組織ではなかったか。

　こうした学校当局の動きに対し、学生自治会は「天皇行幸を歓迎もしなければ拒否もしない。但しこれを口実に学内に警官が侵入することには絶対反対する」と、学生側の意思を表明した。学生の態度は皇太子を迎えたH高当時と変っていないのだ。この意思に従って、悪条件の下に原爆展の準備が進められ、一方、天皇来学当日の休講反対が事前に決議された。

だが、こうした学生側をさらに刺戟《しげき》する動きが起った。学生自治会の委員二人が、学外の無届政治集会に関係していたとの理由で警察に逮捕されたのである。天皇行幸に協力的でない自治会への政治的弾圧のにおいが強かった。天皇が力ずくでも乗りこんでくるような感じを与えた。学生たちは無関心ではあり得なくなった。柿見のように自発的ではなかったにせよ、天皇制権力に青春を奪われた記憶はまだ生々しかった。その天皇が、学生たちの静謐《せいひつ》をみだし、ふたたび権力にのって来校するならば――。

「君が代が軍靴の響きとともにあったことを忘れられない」とポスターが貼られた。職員の手で破られると、すぐまた同じポスターが貼られた。玄関前の高い楠《くすのき》に「神様になるのはやめて下さい」との紙幕が下げられ、守衛が梯子《はしご》をかけてとり外した。学校新聞と反戦平和詩グループは天皇特集号を出し、また行幸二日前、「歴史における天皇制の問題」の講演会が開かれた。満員の聴衆をあつめ、充実した講演会だった。

「天皇制是か非か」の、あの八百長相撲に似た観念的なやりとりとちがって、聴衆の心は濡《ぬ》れた紙を分厚く重ねたように浸《し》み合って、講師の声に聴き入った。迫ってくる天皇の足音を予感し張りつめた連帯感の中に、永い年月父祖たちの上に君臨してきた天皇制の正体が明らかにされて行った。古代の酋長《しゅうちょう》であり祭司長に過ぎなかった天皇が、いかにして政治権力に結びつき、利用し利用されながら、権力とともに成長して行ったかが――。

天皇来校の真意について、二月前調印を終ったサンフランシスコ単独講和条約への反感を緩和するためにあるのだと、ニューヨーク・タイムズ記事を用いて説明したポスターも出た。S製作所・I産業・K大と、天皇の巡幸先はすべて京都で平和勢力の最も強いと噂されるところばかりなのも、それを裏付けているようであった。とすれば、天皇ははじめから不幸な役割を負わされた傀儡《かいらい》なのだ。天皇が戦犯になるのを免れたのも、こうした新しい役割を負わせるふくみがあったのであろう。権力に押し出されてきた天皇が、学生たちと正面から衝突する不幸な出来事はこうして準備を終った。

その日正午過ぎ、柿見はK大本館前の築山《つきやま》近くに立っていた。二千人近い学生が校門から本館前の広場を黒く埋めつくしている。その最前列には、黒い渦をふちどるように職員の背広服がつづいていた。話し合ったり、背伸びをしたり、学生たちは落着きがない。プラカードをかくし持っている学生もいた。学生たちの顔には天皇への好奇心ではなく、対決への気構えがあり、また、ある者には、その対決への好奇心が輝いていた。皇太子を迎えたくすんだ立杭《たちぐい》のような人垣とはちがい、人数もはるかに多い黒い渦は大きな動きを待構えて小波立っていた。

入学して半年、東京のH高出である柿見には、その場で親しく話し合う友もなかった。森でもいれば、と思った。T大を中退し、亡父の土建業を継いだ森は、まず母校であるG町の新制高校の西を動かし、雨天体操場の改修工事を請負った。西は柿見や森の英語教師であり、アカのシンパだったそうだが、いまは教頭になっていた。体操教師の高橋が、婦人雑誌を読んでいたという理由で種村らを殴り飛ばした思い出の雨天体操場である。残酷な青春であった。その思い出を消す改修工事が終り次第、肥田の口ききで用水工事にかかるのだと、はねるような筆跡の手紙が伝えてきた。用水には、柿見家の農地改革で残っていた一町歩《ちょうぶ》の水田がかかる筈《はず》で、その処置を肥田に一任した旨、母の手紙は伝えていた。柿見家の田は幹線水路と支線水路が交叉《こうさ》し、寸断されて使いものにならぬという。このため肥田ができるだけの補償をとってくれるというので、印鑑を預けたとのことであった。水田や善楽寺の森、母校の庭、雨天体操場——柿見は故郷の風物を黒くゆれる学生たちの渦の上に思い浮かべた。高い秋空に槌《つち》の音をひびかせている森のことが羨《うらや》ましくもあった。おれはなぜ、こうした目にあうのかと情なくもあった。

しかし、柿見はその場から動かなかった。一年前のように大久保たちの罵声《ばせい》に背を突かれて出てきた訳でなく、柿見自身の意志でそこへ立っていたのだ。多少とも前にのめりこむような気持であった。一年前、あれほど見るのをためらった世界である。今度の場合は、周囲の形勢から言っても、もっと恐ろしい世界をのぞく筈なのに、柿見にはそれほどの心のおののきもなかった。気分は張りつめていた。『大義』につづく世界に対決しようという勇気のようなものが湧いてきたのだ。皇太子の印象が、その勇気を一部分支えていることも事実である。よい印象を受けたせいであろう。天皇や皇太子という個人とそれを包む世界とを分離して考えよう。天皇と対決するのでなく、天皇をめぐる世界と対決するのだと思うと気分が昂《たか》ぶってくる。

学生たちの波を肩で分けるようにして、ひげの濃い学生がビラを配ってきた。刷り立てと見え、プリントの字がところどころにじんでいる。見出しに「公開質問状」、中ほどに「質問」と大きな見出しがあり、文末には一行離れて「天皇裕仁殿」と書かれてあった。柿見は引きこまれるように、眼を近づけた。謄写インクのにおいが鼻を刺す。

公開質問状

私達は一個の人間として貴方を見る時、同情に耐えません。例えば貴方は本部の美しい廊下を歩きながら、その白い壁の裏側は法経教室のひびわれた壁であることを知ろうとはされない。貴方の行路は数週間も前から、何時何分にどこ、それから何分後にはどこときっちり定められていて、貴方は何等の自主性もなく、定まった時間に定まった場所を通らねばなりません。

貴方は一種の機械的人間であり、民衆支配のために自己の人間性を犠牲にした犠牲者であります。私たちはそのことを人間としての貴方のために気の毒に思います。

しかし貴方がかつて平和な宮殿の中にいて、その宮殿の外で多くの若者たちがわだつみの叫びをあげ、うらみをのんで死んでいることを知ろうともされなかったこと、又今と同じようにすじがきにしたがって歩きながら太平洋戦争のために軍国イデオロギーの支柱となられたことを考えるとき、私たちはもはや貴方に同情していることはできないのです。しかし貴方は今も変っていません。名前だけは人間天皇であるけれど、それがかつての神様天皇のデモクラシー版にすぎないことを私たちは考えざるを得ず、貴方が今又単独講和と再軍備の日本でかつてと同じような戦争イデオロギーの一つの支柱としての役割を果そうとしていることを認めざるを得ないのです。我々は勿論かつての貴方の責任は許しはしないけれど、それよりもより一層貴方が同じあやまちをもう一度くり返さないことを望みます。

そのために私たちは貴方が退位され、天皇制が廃止されることをのぞむのですが、貴方自身それを望まれぬとしても少くとも一人の人間として憲法によって貴方に象徴されている人間たちの叫びに耳をかたむけ、私たちの質問に人間として答えていただくことを希望するのです。

質問

一　もし日本が戦争に捲き込まれそうな事態が起るならばかつて終戦の詔書におい

て万世に平和の道を開くことを宣言された貴方は、個人としてでもそれを拒否するように世界に訴えられる用意があるでしょうか。

二　貴方は日本に再軍備が強要される様な事態が起った時、憲法に於て武装放棄を宣言した日本国の天皇としてこれを拒否する様呼びかけられる用意があるでしょうか。

三　貴方の行幸を前に、京都では多くの自由の制限が行われ、又準備のために貧しい市民に廻るべき数百万円が空費されています。貴方は民衆のためにこれらの不自由と空費を希望されるのでしょうか。

質問の第四にはK大来校の目的が、第五には原爆展への関心が問われていた。「貴方」という呼びかけ。きびきびと無駄なく問いかけて行く文体。天皇への対決という張りつめた気分が行間ににじみ出ている。柿見はふと『大義』を連想した。天皇に関する文書で、緊迫感をもって迫ってくるのは『大義』以来はじめての気がした。『大義』もまた無駄なく打ちこんでくる文体であった。それに、『大義』でも、「天皇陛下」や「天皇さま」でなく「天皇」という言葉を使っていた。正面から誠意を賭《か》け切って対決しようとするとき、「天皇」という言葉以外に使えなくなるのではないか。「天皇陛下」「天皇さま」には妙な甘えや凭《もた》れかかりがあり、「天ちゃん」には戯れがある。

柿見の体中の血が、一つの方向をめざして、はげしく流れはじめる。質問の内容よりも、その問いかけの高く張った調子にまず心が共鳴する。学生たちもまた生の天皇を欲しがっているのだ。若さとてらいが棘《とげ》のように刺し合ったH高時代とちがい、いまK大の学生たちは、軍人歴のあるなしにかかわらず、声を重ねて同じものを求めている。単独講和・予備隊の設置などという事件が、学生たちを追い立てていることも事実であった。K大来校をめぐる事前の騒ぎに、天皇がまた雲の上に奪い去られ、その結果、学生たちの生命もまた奪われかねない不安を漠然と感じて、天皇に叫びかけずにはいられないのだ。一人の人間として、何ものにも包まれず曇らされぬ天皇を——。彼等もまたあの少年皇太子の像を求めているのだ。

質問状の提出はすでに拒否されていた。質問し、天皇が回答するという事実自体には、柿見ははじめから期待していなかった。別に質問しなくともよい。だが、こうした問いかけをする学生たちの切迫した気分が、すなおに天皇に伝えられないのが腹立たしかった。少年皇太子の像を知り、その父である天皇の善意が柿見には期待できるだけに余計腹立たしかった。天皇が一人の人間として、学生たちの切迫した気持に十分応《こた》え得る人間であると、柿見は信じていた。ただの印象からではない。その前の国会の開会式における天皇のお言葉の中に「永遠の平和を念願する日本国憲法の精神を堅持し……全国民が憲法の諸原則をよく守り……」という文句があった。柿見にははじめて天皇の生地の心がこぼれ落ちたような感じがして、その新聞を切り抜いておいた。それは異例な言葉だったろうか。その言葉こそ、天皇の本心ではなかったか——。

突然、君が代がきこえた。

学生たちの頭ははげしい勢で音のする方角を向いた。正面の垣に沿って、屋根にスピーカーをすえつけたワゴンがゆっくりと動いてくる。学生たちの気分に挑戦するように、ゆうちょうな調べが流されてくる。ぎょっ、かなわんな、とつぶやく声がきこえる。「君が代が軍靴の響きとともにあったことを忘れられない」——ポスターの文句が柿見の眼に浮かんでくる。

君が代は止った。

天皇の車は中央築山《つきやま》の西側を通るというので、東側にいた学生たちがどっと西側へ進み出た。守衛や職員たちが腕組みして、あわてて学生たちを包みこむ。その騒ぎがまだ静まらぬうちに、先頭車が校門を入ってきた。何台続いてくるのか、幾重もの人垣越しに黒い甲虫の行列のように光って見える。正門前に停っていたワゴンが、また君が代を吹奏しはじめた。いっぱいに増幅した音量のために、ゆうちょうな調べがまるで威圧的にきこえた。学生たちの私語を吹き飛ばし、その調べの中にとけこませようと響いてくる。守衛や職員たちは、腕組みのまま声を張り上げて歌い出した。

きいみいがあわ　よおわ　ちよにい　やあちよおに　さあざあれ　いいしの……

歌いながら、学生の群めがけ、歌ってくださあい、歌え、とどなる。

そのどよめきの中に、菊の御紋章をつけた天皇車が入ってきた。きらめく紋章を見た瞬間、柿見の右肩はほとんど反射的にうずいた。種村、菊の紋章だ。見ろ、菊の紋章だ！　と叫び出しそうである。

背伸びし、肩と肩の間に首を突っこんでのぞきこもうとする学生たち。人垣が大きく右に左にゆれる。車は進み、紋章が見えなくなる。学生の背、守衛の帽子が水平に柿見の眼を截《き》って行って、わずかに天皇の頭らしいものが見えただけであった。続く車に納った供奉《ぐぶ》の人たちの顔がいやにはっきり見える。

天皇車は玄関前にとまった。塗りたての白い壁のはね返しが車の屋根に映る。守衛や職員たちは、いっそう、君が代の声を張り上げた。そのとき、柿見の位置からは玄関の石柱越しに一直線の延長上にある時計台の石段に、プラカードが上った。「天皇陛下万歳と残した声が忘らりょか」

車が幾台もつづく。その間に、天皇を出迎えた一団の人影は玄関に消えた。その後へ、幾人となく黒い人影が吸われて行く。

皇太子を迎えたときとは、すっかり違っていた。親愛感などたしかめようもなかった。次々と続く供奉大勢の後姿を見ながら、柿見は立ちつくしていた。天皇を遮る者があの中にいるのだと、力をこめてみても、ただ眼が熱っぽくなるだけで、焦点はぼやけて行く。

君が代の余韻なのか、耳にはどよめきがつづいていた。眼の中で守衛たちの腕組みが解かれる。君が代も止んだようであった。それでも、柿見の耳は鳴っている。歌声であった。君が代の鳴り止むのを待って、まるで別の歌がはじまっていたのだ。遠くの谷間から溢《あふ》れてくるように、低く耳もとを洗っていたその歌声は、しだいに厚みを増し、声を高めてきた。柿見も誘われて歌ったことのある調べであった。

……山川異なる　世界の青年
腕をとり隊伍くみ　声高らかに
いざ共に歌え歌
平和のちかい

あっけにとられている守衛や職員たちの頭上を蔽《おお》って、玄関前は歌声に包まれた。吸いこまれて行った筈《はず》の人影が、いくつか玄関の暗いドームから飛び出てきては、バネの外れた玩具のように体をふり廻《まわ》し、また、あわてて駈《か》け戻って行く。柿見も歌おうとした。だが、声が出ない。背中がひきつけるのだ。脊髄《せきずい》のあたりが金属の溶液でも注ぎこまれたように熱く重い。十分な栄養もとらず、睡眠不足のままの生活を重ねてきて、いつか柿見は体をこわしていた。呼吸がつまりそうで、声を張り上げることができない。

歌声はつづいていた。柿見は後ずさりして、その人垣から離れた。歌わずに、その学生たちの集団の中にいることが苦しかった。ようやく渦から離脱しようとしたとき、思いがけぬどよめきが起り、その衝撃で柿見の体は突き倒されそうになった。警官隊が棍棒《こんぼう》を構えて進入してきたのだ。少数ではない。いつ来たのか、どこに隠れていたのか。警官の大きな帽子が、まるで手品のように次々と増えて立ち向ってくる。たくましい黒の制服の群は棍棒を右手にかざしながら、歌声そのものを圧するように、学生たちの群を押す。

歌声はさらに高まった。

……戦いのさなかに　倒れた友
流された血で　我等は結ばれた
……

警官の一隊は時計台に向った。黒い雪の中へ、さらに黒いラッセル車が突き進んで行くような勢いである。「天皇陛下万歳と残した声が忘らりょか」のプラカードをめがけているようだった。柿見は思わず眼を閉じた。歌声がきこえる。柿見も歌った。もはや息苦しさも感じなかった。柿見同様、渦から離れて立っていた学生たちも皆歌い出した。

……ああ青年のこの熱情は消せない
平和を愛する熱情
ちかいはかたし
…………

次に眼を開けたときには、プラカードは隠されたのか、奪われたのか、視野から消えていた。

歌声は終った。警官帰れ、の声。それを遮る職員と学生たちの間にも、はげしい言葉のやりとりがはじまる。「混乱の責任は、歌をうたった君たちだ」「君が代ならいいというのか」「君が代なんか歌えるものか」

自治会委員が手をメガホンの形に構えて、

「諸君、退《さが》ってください、挑発にのらないように。その上で警官隊に帰ってもらおう」

警官帰れ、と叫びながらも、学生たちは後退し、築山をとりまく空間がしだいに広がって行く。だが、警官隊はまるで耳を落したように動かない。

二時、天皇還幸の予定時刻になって、さらに一団の警官隊がくり込んできた。号令がきこえ、砂利を蹴《け》散らすいかめしい靴音が響く。守衛や職員のつくる人垣の前に、警官隊は立ちはだかるように肩を並べた。

二時十二分。警官隊の増強を待っていたように、天皇の一行は本部前に現われた。予定から十二分おくれている。ふたたび歌声がおこった。供奉の者に背を押されるようにして、天皇の姿はすぐ車中に消えた。

学生たちの歌声は続く。意外に昂《たか》ぶらぬ静かな声である。騒ぎ立つ心を抑えようとして歌う。それだけに低く体をゆすぶってきこえる。柿見は口を合わせるだけの声が出ない。胸全体がしめつけられるように痛むのだ。

天皇の車は、急スピードで柿見の前を過ぎた。群衆の眼がついて行けず、さっと割れた肩の間に柿見は天皇を見た。その瞬間、顔はこわばり、頬には寒気さえ感じた。天皇は、平和の歌をうたう学生たちに、車中から帽子を振っていたのだ。それが義務でもあるかのように、きまじめな表情で。

三

「子供っぽいなあ」西はひげの濃い顔を歪《ゆが》めて言った。

「公開質問状のことが？」

「いや、何から何まで子供っぽいよ。仮にもＫ大の学生ともあろうものがなあ。……公開質問状だってそうだ。できない相談と知っての無理難題の願だろう」

「しかし、あの質問状を出そうとした気持は……」

「天皇はロボットだ。完全なる傀儡《かいらい》なんだよ。あの男とまじめに質問を交したって、何の足しにもなりはしない」

「あの男？」西の勢いのいい口調に、柿見は改めて西を見返しながら「じゃ、どうすればいいんです」

「黙殺さ。あの男なんか構う必要はないんだ」

「まわりが余り構うから、あんな騒ぎになったんです」

西は、ちょっと言葉につまったようであったが、眼だけはなおねばっこく柿見をみつめる。柿見もふしぎな生物を見る思いで、西を見返した。ほとんど教卓から顔も上げず、ひとりぼそぼそと授業していた数年前の英語教師の、どこにこの勢いのいい弁舌がしまわれていたのだろうか。

「どうだ、思想センターに参加しないか」

校長用の肘掛《ひじかけ》椅子の中から、不相応に鋭い声で言う。思想センターとは、西がＧ町で主宰している研究サークルである。教師・医師・サラリーマンなど数人の仲間で、毎月の総合雑誌の中から問題になった論文をとり上げ、検討会をやっている。柿見は「思想センター」という名前もいやだったし、あまりに地方文化人的意識の濃いそうした勉強方法も気に入らなかった。

「ひとつ、思想センターで天皇制の問題を徹底的にやってみませんか」

「天皇制か？　いまどき天皇制についてポレミックな論文があるかなあ」

「いや、別に論文などなくても」

「一応、雑誌論文をとりあげる建前だからな。……だが、きみがどうしてもやりたいのなら仕方がない。輪番で司会するのだから、きみの司会の番になったら、事情を話してやってみるんだな」

「というと？」

「いま、きみが参加すれば、そう七、八か月先のことになるか。何しろ仲間の数が増えたし、それに入会希望者も多くてね」

　希望者の多い中で、とくに入れてやろうというのに何故入らないんだという口吻《こうふん》である。柿見は思想センターの仲間内で西が「西天皇」と呼ばれているのを思い出した。眼鏡をかけ、心もち猫背の風貌《ふうぼう》が天皇に似ているという理由からではない。G町では顔ききの文化人で、議論をすれば相手が屈服するまでからんで行くという独裁者風のあくの強い生き方から、そうしたあだ名が出ているようであった。絶対権力の形容としての「天皇」の意味である。「天皇」という言葉に最も慎重であるべきサークル仲間が、そうした安易な流用をするのが、柿見には許せなかった。思考の粗さが予想されもした。

黙りこんだ柿見に、

「天皇制論もいいが、どうも地方にいると、目先の新しい議論じゃないと皆がついてこないんでねえ。……地方文化の芽を育てるということは、なかなか容易じゃないよ」

西はそんなことを言いながら腰を浮かせ、ストーブに石炭をくべはじめる。まだ火はストーブの側板を赤く灼《や》いてさかんに燃えているのに、その火の見えなくなるまで黒く石炭を注ぎこんだ。

冬のうすい日差が窓に慕いついている。G町新制高校校長室。中学時代には、柿見は一度もその部屋に入った覚えがない。西は教頭なのに、それがまるで自分の部屋ででもあるかのように使っていた。ソファの坐《すわ》り心地が、何か柿見を落着かせない。

「ところで就職の方はどうでしょうか」一向に切り出してくれそうにないので、柿見は思い切って訊《たず》ねた。

「いやあ、それが」と西は笑い、「うまいこと行かんのだ。おれの後釜《あとがま》ということになると、かえってにらまれるんだ。まして、きみはK大中退だろう。余計に注意されるんでね」

「高校でなくても、中学でも」

「中学も同じだ。……おれが町会議員にでもなれば、また尽力できると思うがなあ」

西はその春を待って高校を退職し、町会議員選挙に打って出る筈《はず》であった。それは自発的というより、体《てい》のいい一種のレッドパージで学校を追われるためなのだ。あの体操教師の高橋が、将校上りという理由で学校から県庁へ逃げ出したときいたのは、つい、しばらく前の気がする。それを伝えた肥田も、西が音頭をとって戦争責任の追及をやかましく言うとる、としょげこんでいた。今度はその西の方が、アカだという理由で教職から追い出されるのだ。

深く沈んだ椅子の中から、西がのび上るようにして、

「きみの体はもういいんだな」

「ええ、無理さえしなければ」K大事件後、間もなく帰郷して療養生活に入り、半年近く経っている。

「大事にするんだな。そして、徐々にきたえておくんだ。新しい時代のためには、まず体だ。『若者よ、体をきたえておけ』と歌にも言うからな」

西は眼鏡の縁に手をあてて、また愉快そうに笑った。眼の前にパージの時期を迎えて、心たのしい筈もなかろうにと、柿見は西を見守る。この人一流のやせがまんではないのか。この術で、この人は戦争中アカめいたことを一言も口に出さず、面白くもない顔で英語教師になり切っていたのだ。

柿見は投げ棄てるような声で、

「学校関係がだめなら、役場にでもつとめようと思います」

「口があるのか」

「肥田さんが何とかしてくれそうです」

「肥田が？」一西は驚いて柿見を見た。柿見の体中を探るように見廻《まわ》した後、急にその視線をゆるめ、「そうか、きみのところは肥田にいっぱい喰《く》わされたんだったなあ。その罪ほろぼしという訳か」

　町を通る用水に柿見家の田地がかかるというので、柿見の母はその処分と補償を町長の肥田に一任した。肥田の方から申し出てきたことであり、肥田は戦死した父と小学校の同窓にも当るので、母が印鑑を預ける気になったのも無理はなかった。すると肥田は、柿見家の田地をすぐ自分の名義に移し、その上で用水路をずらせたのである。それとも、はじめから柿見家の地所には水路の通る計画がなかったのかも知れない。実際に用水工事がはじまってみると、幹線水路がわずかにその縁を削《そ》ぐようにして走るだけで、いまは肥田のものとなった柿見家の田地は、わずかの間に地価が倍近くに騰貴していた。肥田にいっぱい喰わされた、とはそのことであった。だが、用水路からずらせてもらうためには、肥田への運動費として牛まで売らねばならなかったという話をきくと、それほどの運動費の出ない柿見家としては、だまされる、だまされぬは別として、結局、肥田の言うままになるより仕方がなかったのではないかという気もしている。

「きみのところは、肥田にやられたままで泣き寝入りしているのか」

「しかし、母が補償金を受取り、名義も変った後ですから、いまさら。……それに訴訟を起すだけの金もないし」

「訴訟じゃなしに、告発するんだ。りっぱな詐欺事件じゃないか。きみは法学部だったろう……。黙っているから、肥田がますます増長するんだ」

西のはげしい問責口調に柿見は黙った。

「肥田は大狸だ。あの狸をひっくり返してやる。……おれが町長の椅子から追い出してやる」

「町長？　西先生は町会議員に出るのだときいていたんですが」

「町長だ。おれの真意は町長にあるのだ。町会議員選挙は町長選のPRのためなのだ。当落など問題にしてやせん」

相変らずの強気なのか、それとも本心なのか、柿見には見当もつかない。

「きみが役場内に橋頭堡《きようとうほ》を築いてくれることは、かえって幸いかも知れん。大いにおれに協力してくれ」

肥田は憎い。だが、西が勝手にきめこんでいるように、肥田に対して闘う気分にはなれない。体が弱っているせいもある。それとともに柿見には、あの復員した鳩色の朝、完全に打ちひしがれていた肥田の像がまだ鮮かに残っているのだ。
応《こた》えようともせぬ柿見に構わず「森も資金面では、ひそかにバック・アップしてくれるらしい。何しろ、ここの雨天体操場工事をおれの力で森に廻してやったのだからな」

西はそう言うと、また腰を浮かせてストーブの蓋《ふた》をあけた。燃えさかっている炎の色が椅子の背までも染める。ゆれる炎の芯《しん》をみつめている中に、柿見はまた口走った。

「天皇制を徹底的に議論しませんか」

「また天皇制か。きみはえらく天皇制にこだわるねえ」

「天皇制を抜いたら、ぼくには思想なんて考えられないんです。戦争中からずっとぼくたちは……。西先生、御存知ですか。ぼくらのクラスで、小島が自殺し、種村が死んだことを。みんな、天皇制の……『大義』のおかげなんです」言葉がともなわず、頬がふるえた。

「大義？　尊皇の大義か」

「それもありますが、杉本五郎中佐著の『大義』という本の……」

「ふうん、職業軍人の書いた本か。あの頃は神がかりの本がいくつも出たなあ」

「神がかり？　そうですか。じゃ先生はなぜ神がかりということを教えてくださらなかったんです」

「無理なことを言うねえ。あの当時、そんなことを言えぬことぐらい、わかってるだろう」

「せめて素振りなり、口振りなりでも……」

柿見はすがるように言った。「無茶言うねえ」西は笑った。感情を害したらしく、いかにも苦しそうな笑い声である。菊の紋章をかばって傷つき、種村は死んだのだと話したら、やはり、この人は笑うだろうか。

焚《た》き過ぎたストーブの熱で、部屋の中は息苦しかった。うすい陽光は消えて、窓の外は鉛色の空に変っていた。久しぶりにしゃべったせいか、背筋がひきつるように重い。無理をしてはならぬ。生活でも行動でも、一切の無理は禁物なのだ。柿見は自身に言いきかせながら腰を上げた。

外に出ると、北の海からS山脈を越えてくる風が槍《やり》ぶすまのように襲いかかった。ゆるんだ胸郭に風は冷たく浸《し》み渡って行く。顔や手に急に血が通い出した病後の体にも、生きているという実感が浸みてくる。

校舎をふり返る。明治末にできたという古ぼけた本館のわきに、森の手で改修した雨天体操場が大きくドームを見せている。婦人雑誌を読んでいたというだけの理由で、種村が殴られたところである。なぐった体操教師の高橋はどうしているのか。『大義』をすすめ、さらに、その『大義』で入隊車中の種村を殴りつけた高橋——あの男も許せないと思った。高橋といっしょにいた肥田の姿も敵意をもって思い出されてきた。死んだ小島や種村に代って、どこまでも生きてあの連中の最期まで見届けねばならぬ。たとえ体は廃《はい》墟《きょ》のようになっても、眼だけは『大義』につらなる世界のはてを見守りつづけるのだ。柿見にもし生き甲《が》斐《い》めいたものがあるとすれば、それ以外にはない。彼は寒風の中に眼を見開いて歩き出した。

雪をいただいて、痩《や》せた獣の脊梁《せきりよう》めいた感じを一段と深めたS山脈が、正面の空を東から南西に区切っている。その麓《ふもと》からひろがってくる平野は、暗灰色に沈んで何の色もない。二、三日前に降り積んだ雪が、田の切株や道の端に白いまだらを残しているだけである。

行手に爆音を聞いたと思った次の瞬間、その風景の中から真黒な点が浮き上ってきた。それは爆音を高め、みるみる近づいてくる。オートバイのようである。身をよける間もない位の速度である。柿見は乗り手の顔も見ず、道端にとびのいた。

爆発音がまわりの空気をさらって吹き過ぎた。反物を裂くような音がつづく。

柿見が目を上げると、すぐ前に森の笑顔があった。急停車したのだろうが、柿見には爆音からふるい落されたもののように見えた。

「どうだ、体の工《ぐ》合《あい》は」

オートバイにまたがり、クラッチをにぎったままで声をかけてくる。排気管からは鋭い破裂音が断続する。円い顔が陽灼《や》けして一まわりちぢまった感じである。

「いそがしいらしいなあ」

エンジンをかけたまま下りようともしない森に、柿見は多少皮肉な口調で言った。帰郷してからも一、二度しか会っていない。

「現場が三つあってな。いまも、ほら、きみの家の近くにかける橋を見てきたところだ」

はね飛んだ赤土がエンジンのまわりにこびりついている。

「あの橋は大丈夫かい」柿見は思わず口走った。

「大丈夫とは何だい？」

肥田から請負った用水工事で、森建設は柿見の家近くにかかる架橋工事を進めている。退屈な日々を送っている柿見の母は、毎日その工事を見ていた。その母から教えられてわかったことだが、橋を両岸につなぐ脚台に当る部分が木組みをせず、ただ土盛りして、それを石垣で囲んだだけなのだ。土盛りがゆるんだり、沈下したりすれば、その上にある橋が傾くことが予想される。

やかましい排気音に逆らって、それだけ言うのは柿見にはかなりの苦痛であった。

「ああ、あれか。あれは手を抜いてあるんだ」

森は精気をふくんだ眼を悪戯《いたずら》っぽくまるめ、

「肥田のリベート要求が大きいんでね。工事費を節約せざるを得ないんだ」

「リベートだって？」

「ああ。この世界は右も左もリベートだ」

「……と言うと、高校の西先生の選挙資金もリベートの分かい」

「まあ、そうだ。肥田とはちがって、多少は社会的効用もある」

割り切った口調の森。もともと物にこだわらぬ気質なのだが、七人兄弟の長男としての生計の苦労が、ここまで急速に森を社会人に変えてしまったのだろうか。生きて行くということは、それほど急速に変ることなのだろうか。

森は相変らずはずむような声で、

「いまからＥ市まで飛ばすんだ。県庁で道路工事の入札があってね」そこまで言って、また眼をまるめ「県庁で珍しい人に会った。大久保さんだ。Ａ大を出て、いまＦレーヨンのこちらの工場づめだそうだ」

柿見は先を促すように大きくうなずいた。大久保ときいて、胸の中に懐しさが溢《あふ》れる。少年皇太子と会ったＨ高時代の思い出がひき出されてくるのだ。

甘く崩れようとする気分を、森の次の言葉が遮った。

「よく肥《ふと》ったし、感じも話しぶりもＨ高当時とすっかり変っちまったな」

森が感心するくらいなら、よほど変ったのだろうと不安そうな顔を向ける柿見に、

「一度会ってみればわかる」

森はそう言いすてると、背を向けた。エンジンの調子を見る。拳《こぶし》ほどの青い煙が断続的に吐き出されて、雪をかむった連峰めがけて流れて行く。背を向けたままで森は、

「一度、善楽寺にも詣《まい》ってやれよ」

種村の墓、ひろみの顔が交互に点滅する。耳には帰郷以来毎日二度ずつ聞いている十九の鐘の音がよみがえってくる。柿見はうめくような声で、

「行かなくちゃならんと思っている。……だが、気が進まない。種村のおふくろさんに会うのがこわいんだ」

森はそれがきこえない様子で、排気音に耳をすましている。

重苦しい雪空を裂いて、音は一段と高まった。森はバックミラーの中の柿見の顔を見て笑うと、「じゃ、また」離陸でもするような勢いで車をスタートさせた。菫《すみれ》色の排気ガスの塊が、柿見の体を突きのめした。

四

御真影の前には、桐の小箱が五十二並んでいた。その中には、菊の紋章入りの小さな木盃《もくはい》が一つずつ納められている。太平洋戦争戦死者遺族への天皇の内帑《ないど》金《きん》でつくら

れたものである。その伝達式が町の小学校の講堂で行われていた。

箱の一つが白手袋をはめた町長肥田の大きな両手にはさまれた。そのままの位置で肥田が会衆の方に向くと、名を呼ばれて前に出ていた老婆がほとんどのめるようにして跪《ひざまず》いた。

老婆はその折ったままの膝《ひざ》を一、二歩進めてから、また、がくんと皺《しわ》の深い首を折り、両手をのばして、肥田から木盃の箱を受取った。

柿見には役場の上司にあたる庶務課長が、借着のモーニングの体を直立させて、次の遺族の名を呼ぶ。袖《そで》もズボンも短かくなった背広を窮屈そうに着た四十年輩の男と、紋服のその妻らしい女の一組が進み出る。男が姿勢を正してから、深い正確な最敬礼をすると、老婆にならって膝を折ろうとしていた女もあわてて低くお辞儀をした。白い引幕を背にした町長肥田の顔は、尊大なまでに無表情であった。

それから自分のも含めて、五十回も肥田を前にした拝跪《はいき》の光景が続くかと思うと、柿見はやり切れなくなった。町役場の吏員《りいん》である彼は、遺族ということで肥田から暇をもらって来ていた。予想しないことではなかったが、いまはそうした風景に耐えているより、少しでも早く役場に戻りたくなった。

三百人近い人が入っているのに、ため息や咳払《せきばら》いのほかは講堂は静まり返っていた。その静けさの中で、母もふくめ五十二家族の遺族たちは何を考えているのだろうか。

悲しみを呼びさまされながらも、菊の御紋入りの木盃により大きな心の慰めを得つつあるのだろうか。

視線を落すと、身をかたくしている遺族席の足の方は、また別のものを見せてくれた。裾《すそ》のほころびた着物、繕いを重ねた子供の半ズボン、素足ばかりでいるらしい傷だらけの小さな足などが次々に目に入ってくる。こうした遺族たちが、働き手の父や夫の代りに木盃を受取ったところで何の足しになるだろう。木盃への不満、伝達式への不満が、伝達式に出てきた自分自身への苛立《いらだ》ちに変って行く。

肥田の前には、何組目かの遺族が進んでいた。白髪の美しい老夫婦である。息子を失った後、いたわり合って生きてきた様子がうすく曲った背ににじみ出ている。肥田は相変らず会衆全体を眼の中におさめる昂然《こうぜん》とした姿勢で立っていた。

役場に急用を思いついたから、と柿見は母に耳打ちして腰を浮かせた。母は驚いて、手をとって引きとめようとする。眼で制しても、ききわけがない。屈んだ姿勢のまま、とらえられた手を抜こうとした。

そのとき、突然、講堂をふるわせ梵鐘《ぼんしょう》が鳴りひびいた。それは耳にきこえるというよりも、三百人の会衆の体を突風のようにゆさぶった。講堂が紙細工か寄木細工に変り、全部の窓ガラスがひび割れんばかりの音をたてた。

窓ガラスのふるえが止まらぬ中に、次の鐘が轟《とどろ》いてくる。二つ、三つ、四つ……。

善楽寺から種村さめの撞《つ》き鳴らす鐘の音である。距離が近いため、まともに響いてくるのだが、その日の音には、さめの憤怒《ふんぬ》がとくにこめられているようでもあった。招かれた五十二柱の遺族中、不参は種村一家だけである。時刻は十時。毎日のしきたりなのだが、その鐘の音は、伝達式をゆさぶるためのもののように、耳近く猛々《たけだけ》しく鳴り渡ってくる。

　肥田の姿勢も崩れた。肩を突かれたように身をねじらせ、顔は朱に染まって行く。ふるえる指の先から、桐の小箱が滑り落ちそうであった。

　小指のない手の撞き鳴らす鐘は、轟然《ごうぜん》と式場に炸裂《さくれつ》し、余韻までが幾重にもゆり返して響いて行く。式場の空気は一変した。善楽寺のだいこくさんが……、さめさんが……、とあちこちにささやきが起り鐘の音の重なるごとにざわめき立ってくる。その音に呼びさまされ、肉親を奪われた当時の悲しみと憤りが急速に会衆たちの胸に戻ってくるようであった。

　庶務課長が次の遺族の名前を呼び立てる。きこえないのか、きこえても出ようとしないのか、次の遺族はなかなかあらわれない。

ざわめく会衆たちの眼は、いまはまともに肥田に向っていた。遠慮なく肥田を洗う眼の色である。弟が戦傷を負ったというが、弟の妻まで奪って自身は何一つ傷ついていない男。桐箱の列を背後に並べたその男は、肉親を木盃とすり代えた当の男のように見える。

肥田は間の悪い立場に気づいた様子で、いまは矜持《きょうじ》もなくして庶務課長をせき立てる。

別の名が呼ばれた。男の太い声が返事をした。遺族席のかなり後の方にいるらしく、出るのに手間どっているため、肥田はますます顔を紅潮させた。

鐘の音に打たれて、一旦《いったん》は腰を落着けた柿見は、鐘が十九鳴り終る前に、ざわめき立つ講堂から抜け出した。

役場に戻る。いちばん奥の窓口にある庶務課の机。課とは言っても、式場に出ている課長と出戻りの女事務員、それに柿見の三人である。大きな門歯を見せて話しかけてくる女事務員にとり合わず、整理しかけの書類に屈みこむ。近づく町会議員選挙のための名簿の整理である。西は果して当選するだろうか。西が町議になれば、あるいは自分の生活も変るかも知れない。役場の仕事よりは、教育の方がいくらか情熱が持てそうである。無残な潰《つぶ》し方をした自分たちとちがい、生命や青春を大事に考えるように話すこともできる。高橋や西とちがい、いつまでも子供たちをいじめず、いつわらぬ教師になろう——。

午後もかなり遅くなって、式場につめていた連中が肥田を先頭に帰ってきた。式の帰りにどこかへ廻《まわ》ったらしく、うすく酒のにおいが流れた。机に向ったままでいると、背後から名を呼ばれた。底太い肥田の声である。中座して帰ったことがわかったのかと、表情をかたくしてふり返る。

「おぬし、盃《さかずき》を善楽寺へ届けてくれ。種村の家からは誰も来んのじゃ。二人も死んどるにのう」

肥田は貝のむき身のような眼をして言った。柿見を通して種村一家を責める口調である。柿見は強く言い返した。

「二人も死んでるから、来ないんでしょう」

「そりゃ、どういう意味だ」

「盃なんかもらえば、ますます腹が立つばかりなんです」

「盃なんか、とは何だ。仮にも陛下の……」

肥田を意識してことさら気色ばむ庶務課長を、肥田は大きな手で制して、

「腹を立てられるかどうか、ともかく、おぬし届けてくれ」

「あの気ちがい婆さんめ、とんだ時に鐘を、……」庶務課長は、なお気が済まぬといった顔で、さめのことを罵《ののし》る。そのくせ、自身で善楽寺まで呶鳴《どな》りこむ気はない。肥田はじめ役場の誰もがさめに会うのを避けていた。今度行けば短刀で刺されるかも知れぬと、おびえて見せる吏員もいた。さめは役場の吏員と知ると、血相を変えて追い返すという。自分の手で遺骨を拾った次男の哲男についてはともかく、フィリピンで

戦死した長男の憲雄については頑として戦死者遺族としての手続きをとろうとしないのだ。長男を乗せた輸送船はルソン島沖で暗夜に魚雷を受けて沈没したとのこと。だが、さめは納得しない。死体の目撃者がいない以上、フィリピンか台湾のどこかに流れついているかも知れぬと言い張る。吏員が説得にかかると、憲雄を殺さねば気が済まぬのかとつめよる。死人が青い海の底を歩いて帰って来るとでも思ってるぜ——吏員は腹立ち、気味悪がる。そうした吏員たちの耳にさめの執念を知らせるように、次男の歳の数だけの鐘の音が毎日鳴り響いてくるのである——。

「木盃をたたきつけられるなよ」と庶務課長。「気をつけてね」と、女事務員も痛々しそうに門歯を見せて言う。紫の小布に包んだ二つの木箱を抱え、柿見は役場を出た。

　用水沿いに新しくつくられた道を行く。前日まで二日ほど降りつづいた雨を集め、用水はなめらかに盛り上っては、かなりの速さで流れている。右手に自宅を見ながら素通りし、森のかけた橋にかかる。橋の脚部の石垣がゆるみ、妊婦の腹のように脹《ふく》れている。石垣の中の盛土が水を吸って沈下したのだ。柿見の渡るときにも、土の崩れる不気味な音がした。中に木組みがないとすると、橋は支えを失って倒壊しはしまいか。肥田へのリベートのため手を抜いたと笑っていた森の顔を、不安な気分で思い浮かべた。相変らず忙しいらしい森。今日はどこへオートバイを飛ばしているだろうか、それにしても柿見自身は、相変らず間の悪い役割を引き受けさせられている。ためらっている機会に、いつでも、こうして背を突かれて打ち当って行くのだ。H高で皇太子を見に行くときもそうだった。いまも、さめに対する態度、ひろみへの気持など遠くでおびえるだけで何一つきまらぬままに突き出されて行くのだ。

日の長い季節なので、善楽寺に着いてもまだ明るかった。杉木立を漉《こ》して来る光が透き徹《とお》っている。子供心に王宮の庭のように思った広い境内には、病葉《わくらば》ひとつ落ちていない。

眼に入れまいと顔を伏せ、鐘楼の傍を過ぎる。右肩がふるえる。無人の鐘楼から、いまにも鐘が鳴り出しそうな気がした。永久に十九の歳の数を刻みつづける鐘の音が……。

庫裏《くり》の玄関に立つ。ひろみの弾いているらしいピアノの音がきこえる。声をかけると、本堂の方角で返事がした。

渡り廊下を伝う足音。柿見の緊張した眼に種村さめの姿が近づいてくる。顔が合ったときさめの眼は鋭い光を帯びた。その眼光に射すくめられて、柿見は挨拶《あいさつ》の言葉を失う。さめはそのまま口をきかず、すわった眼つきで柿見をみつめる。白熱した炎がちらつくようで、柿見は視線をそらせた。さめの膝《ひざ》のあたりに眼を落したまま、来意を告げる。さめは一言も口をきかず、柿見を見下している。

言い終って顔を起すと、今度はさめが弱々しく視線を外した。眼のやり場に困ったような顔で「そこへ置いて」と玄関の式台の端を指す。抑揚のない声である。「あちらにひろみがおります。わたしは客を送り出すところなので失礼しますよ」

柿見の答を待たず、背を向けると本堂の方へ歩き出した。単衣《ひとえ》越しに骨が浮き、どこから鐘を撞く力が出てくるかと疑われるほど痩《や》せた後姿である。

柿見は木盃《もくはい》入りの二つの箱を、示された玄関の端に置いた。磨き立てられた床板に紫の色が映る。さめの斬りこむような白い眼が、まだ網膜に残っている。

海底のように薄青い光に濡《ぬ》れた道を、ピアノの音にたぐり寄せられて進んで行く。八ツ手が一段と濃い緑の陰をつくっている庭に向って、開け放たれた縁側。その先の部屋でひろみはピアノに向っていた。

曲名はわからない。テンポが速く、リズムとリズムが突き合い、傷つけ合うような調べである。左右の手が鍵盤《けんばん》を打ちたたき、打ち返され、交叉《こうさ》する。柿見は声がかけられない。滝にでも打たれるように、はげしい楽音に頭をさらしている。

曲が止んだ。ひろみは左手で右手の五本の指を絞るような仕種《しぐさ》をしながら、体を庭の方に向ける。柿見を見て、

「あら、いつ、いらしてたの」

声とともに、縁側に立った。

「ずい分、はげしい弾き方ですね」

「ええ。これ、爪が割れてしまったの」

そう言って、両手を揃えて差し出す。柿見はひきこまれるようにして、その手を取った。しなやかに揃った指――その拇指《ぼし》の爪が両手とも割れ、壊死《えし》して鼠色に変色している。痛みが柿見の指にも伝わってきそうである。

「こんなになるまで弾くのですか」ひろみの中にも、さめと同じはげしい気性があるのかとの思いをこめて言う。

ひろみは手を退《ひ》いた。反射的にその手を受けていた柿見もあわてて手を戻す。ひろみの指の型がそのまま残ってでもいるように熱《ほて》る。

「ピアノの止んだ後は静かでしょ」

柿見は小さくうなずく。

「昔は子供たちのいい遊び場で、夕方、石段の見えなくなる頃までにぎやかだったわ。柿見さんもよく遊びにいらしたわね。……でも戦後は母がいやがって、子供の姿を見ると追い出してしまうの。子供会や婦人会などから何度頼まれても承知しないの。すっかり気難しくなってしまったわ。子供だけでなく、どんな人に対してもそうなの。たった一人例外があるだけで」

誰のことかわかるかと、ひろみは眼をまるく光らせる。さめの甥《おい》にあたる森のことではないかと、すばやく思い浮かべる柿見に、ひろみは意外な名をあげた。

「善次郎さんよ。肥田町長の弟の」

「善次郎さんがどうしてここへ？」

「本堂の広縁で昼寝して帰るの。冬は日なたぼっこ。肥田さんの家では、かつての建築技師善次郎さんも納屋住いさせられてるのよ。だから、仕事の草鞋《わらじ》づくりの暇にはここへ休みに来るの。今も見えてるわ、もう帰るんじゃないかしら」

「じゃ、いまのお客さんというのは……」

ひろみは、白いつぶらな歯を見せて笑い、

「もちろん、善次郎さんよ。……母がどうして善次郎さんによくするかお分りになって？」

「やはり、同じ戦争の犠牲者ということでしょう」柿見はあまり自信もなく言う。ひろみは、まじめな表情に返り、

「それもあるわ。死んだ兄二人の代りにお世話しようという気持。たとえ不具でも生きてさえいてくれればと思いながらね……。でも、そうした同情だけではないの。逆の気持もあるの」

「逆というと？」柿見には見当もつかない。

「こんな風なら生きていない方がいい。こんなみじめな生き方をするぐらいなら、と冷たく観察して自分を慰めているようなふしもあるの。死んだ方がましなのにと思え

る点を探してるの。残酷だわ。でも母の本心は、その両方の気持のかね合いの上にあると思うの。善次郎さんを見ながら、母は心の中でいつもこの二つの気持を戦わせているわ。そうやって、毎日自分の心に波立たせているのね」

　ひろみはそう言ってから、ふと気づいたように、

「ごめんなさい。わたし、兄二人に死なれてから急におしゃべりになってしまって。父は病気ですし、母は物を言わなくなったので、わたし一人がしゃべらないと……」

　ひろみの何気なく言う言葉の一つ一つが柿見の胸に楔《くさび》を打ちこんでくる。

「兄さんと言えば」柿見は今こそ言うべきだと思った。「ぼくはどうしてもあなたにお話ししておかなくては……。種村君をぼくはこの肩で突き飛ばして殺したんです」

　力をこめて、ひろみをみつめているのだが、やわらかな丸みを帯びた白い顔は視野の中からふっと遠ざかる。

　呼吸をつめたまま時間が流れた。ひろみはゆっくり、

「伺いましたわ、森さんから」

　戦慄《せんりつ》が体を灼《や》いて走り、その後、ふいに気がゆるんだ。

「森がもうしゃべったんですか」

　森に裏切られたというよりも、いま自分の口から説明しないで済むという気持であった。

のついた鉄砲のせいなんだと、母もわきまえておりますの」

「復員してすぐにね。母も知ってますわ。でも柿見さんが悪いんじゃなくて、御紋章のついた鉄砲のせいなんだと、母もわきまえておりますの」

「そうですか。ほんとうにそうなんですか」

柿見はせきこんで言った。

「遺書といっしょに、『大義』という本だけが戻ってきました。母はそれを毎日眼をおさえながら読んでいました。ですから、復員した森さんから詳細をきいたときにも、納得できたのです」

その『大義』で、入隊する車中、種村が頰をなぐられたこと、『大義』の中から写真を奪い去られたことまで森は話しただろうか。『大義』を傷つけるああした不愉快な出来事を最後に、世間から隔てられて死んで行った種村のことが痛ましく思い返されてくる。

「考えてみれば、ぼくたちはみじめな時代に生きてきたものです。人間は幸福を求めて生きるんだというそんな単純なことを、教師だって親だって誰一人教えてくれはしなかった。ただ大義とか忠君愛国とかで……。ぼくたちはそれだけをまともに思いつめていた」

「わたしも二人の兄のことについて、いつもそれを思うのです。思いつめて死んだのだから、それでいいなんて、とんでもないことですわ。幸福に生きる道をはじめから奪っておいて、思いつめるも、つめないも、ただそれしかなかったんじゃありませんか。……愛国心などと言い出す人を見ると、そんな人は戦争でただ得だけしてきた人じゃないかと、にくくてなりません。どれだけ兄のような犠牲を見れば気が済む人なのかと……。みんなが幸福にくらせる国をつくれば、黙っていたって愛国心は湧いてくるじゃありませんか」

　ひろみのはげしい語調には、彼女なりに永い歳月思いつめてきたものが感じられた。兄二人を奪われるということが、可憐《かれん》なだけであった少女を変えてきたようであった。拇指の爪の割れるまでたたくピアノのはげしい音が、耳を洗って過ぎる。

「ごめんなさい。また生意気言っちゃって」

「いいですよ。おっしゃって下さい。……天皇制についてはどう思います」

「天皇制ですって」

　ひろみは憑《つ》かれていたような顔からさめた。

「この頃ぼくは人に会うごとに天皇制についての考えをきいているんです。きかないと何か安心できないのだ」

　柿見は真情をこめて言ったが、ひろみの口はかたく閉じてしまった。

「わからないわ。わたしには」

「あなたも『大義』をお読みになったでしょう。そのときの気持は……」

「でも、わたしなんか……。それより、兄に会っていただけます？」

そう言うと、縁から下りて下駄《げた》をつっかけた。なめらかな、そのあとに水の垂れそうな足で先に立って行く。

水桶《みずおけ》を持って本堂の前まで来ると、肥田善次郎がちょうど帰るところであった。相変らず色褪《いろあ》せた国防色のズボンと開襟シャツをつけ、本堂の階段の最下段に腰を下している。不自由な足を両手で抱えこむようにして、ズックの靴をはこうとしているのだ。その同じ段で、さめは手伝おうともせず立ったまま見下している。冷たく観察して自分を慰めているようなふしもあるの、とひろみの言った言葉が思いあたる。

二人の足音に、善次郎は顔を上げた。左眼は金壺眼《かなつぼまなこ》にくぼみ、一方、右眼は眼球の異様な膨脹を受けて、大きく突き出ている。眠っても上下の瞼《まぶた》が合わぬのではないかと思われるほど水晶体が膨脹している。歪《ゆが》んだ口のすみから、透明な涎《よだれ》を垂らし、

「おじゃましました。すんません」

声だけが青年のように明るい。ひろみに大きく頭を下げ、柿見にも下げる。

ひろみは石けりでもするように踏石の上を飛んだ。ズック靴をはかせようとして善次郎の前に屈みこむ。白い手で、靴の片方をすくい取る。泥水や砂ぼこりのしみついた鼠色の靴。

「いかん、いかん。もったいない」

善次郎は真赤になり、身体でひろみの手をはねのけようとした。

「ひろみ、止めなさい」

さめが上からきびしく言った。

善次郎は不自由な右手を弓なりに構え、左手だけでズック靴をはこうとする。脚の方も不自由なので、中々踵《かかと》が入らない。

屈みこんだままでいたひろみが、そっと指を添えた。

「運動靴は軽くていいわねえ」

気を引き立てるように言う。善次郎はすぐつりこまれて、

「うん。公式のとき以外はいい。革靴はあかんわ。パッタンパッタンして」

「公式のとき？」ひろみは訊《き》き返したが、すぐ「そう。非公式用にはズックがいちばんよ」

「非公式用にはいちばんだよ」

善次郎は同じ文句をくり返すと、身体を振り、はずみをつけるようにして立ち上った。

立ったまま見下していたさめに向い、

「どうも、ありがとうございました」

曲ったままの右腕に上半身を巻きつけるようにして最敬礼する。さめの眼の白い炎

は変らない。

夕闇の迫る杉木立に向い、善次郎は歩き出す。右肩がまず大きく突き出して身体の重心を振り出し、左脚をひき寄せる。不具をさらすためだけのような大きな骨格が、そうして一歩遠ざかる。

そのとき、善楽寺のある丘の下の方から爆音がきこえた。さめがきびしい眼の色を見せる。

オートバイらしい爆音は、本堂を下から巻くようにして近づいてくる。あじさい色の煙が、杉木立の間を縫い、やがて黒光りする車体が躍り出た。ヘルメットをつけた乗り手。上り坂のためエンジンをいっぱいに開いているのか、ときどき道からはね上るようにして走ってくる。手を振った。森であった。

「危いよ、そんなに走っては」

さめは、はじめて表情のある声を出した。森は叔母《おば》の気心は知っているという風に、

「だいじょうぶだ。これを着けるようになったから」

脱いだヘルメットをひろみの手に渡す。汗を拭《ぬぐ》いながら、柿見の水桶を下げている姿を見て笑った。ようやくやって来たのかという表情である。額の生えぎわを残し、まっ黒に灼けたその顔には、邪気が感じられない。種村の死についての約束を簡単に破ったのも、裏切るというより秘密を守ることができぬ性分のせいであろう。

森はヘルメットをかぶると、ポケットから紙包みをとり出した。建築を請負っている医師の家で、住職の病気にきく新薬を手に入れたからと、さめに手渡す。

森は、さめやひろみのとめるのにも手をふって、そのままキックしはじめたが、数歩先に仁王立ちのままでいる善次郎に気づくと、エンジンのかかったままの車をひっぱって行き、

「善次郎さん、乗せて行ってあげよう」

善次郎は驚きとも喜びともつかぬ奇妙な唸《うな》り声を立てる。いつか庭に下りていたさめが止めにかかる。

「危いよ、おまえ。けがでもされたら」

最後の言葉は、その場にいた善次郎以外の四人の胸にひびいた。一瞬だが、動きも声も止った。善次郎はすでに半身不随で頭の働きもおかしい。これ以上のけがはあるまい。これ以上けがすると言えば、死だけではないか。その死をさめが望まないのは、残酷な観察の趣味からだけなのだろうか。柿見の頭の中に、そうした疑念が走る。

「だいじょうぶだ。ゆっくり走らせるから」

「だって善次郎さんは右の手がきかないのよ」

今度はひろみが駈《か》け寄って遮る。

森はエンジンを切って、

「な、善次郎さん。乗りたいだろう。乗って行った方がはるかに楽だからなあ」

　善次郎は突き出た眼をはずかしそうに伏せながら、こっくりうなずいた。

「柿見、乗せて上げてくれ。それから、紐《ひも》で善次郎さんの腰をぼくに縛りつけるのだ」

　森のいうままに、柿見は善次郎を荷物でも抱え上げるように後のシートに乗せた。ひろみも、車の反対側に廻《まわ》って手伝う。大柄なのに思いのほか軽い。鶏のガラとは言うが、人間のガラの目方なのだろうか。

　しで紐で三廻り、二人の腰を巻く。善次郎の左手は、すでに森の肩をつかんでいた。指が彎曲《わんきょく》したままの右手をそっと持ち上げて、森の肩にとまらせる。ちょうど手《て》鉤《かぎ》をかける形になった。五本そろって鶏の趾《あし》のように黒くちぢまった指。気味悪く思いながらも、その位置をたしかめてみる。そのとき、柿見の手はもう一つ無気味なものに触れた。電気に打たれたように手を引く。柿見の眼の前、黒く病み枯れた善次郎の手の上に、白いぞっとするようなさめの指が重なっていた。見てはならぬと思いながら見直す。根元しかない小指の短くまるい坊主あたま。息子を想って切断した、ぶよぶよの指頭が夕陽の中に無残にひきつった肉を見せていた。

　その指がゆっくりさめの身体に戻って行く。手を引いたことで、柿見は動きのとれない気持になった。

「落ちればもろともだからな、善次郎さん」

森の大きな声。善次郎はうすい眉《まゆ》を寄せ、ちょっと不安そうだったが、エンジンのはずみ出す音に前以上に得意な顔に変った。自由な左手、不自由な右手で猿廻しの猿のように森の背にしがみつきながら、脹《ふく》らんだ眼を輝かせて、何度も頭を下げる。

「スタートするよ」

煙の輪が二重三重に重なり、しだいに小さくなる。惰力だけで坂を下りて行くのであろう。爆音もすぐきこえなくなった。

「事故が起らにゃいいに」

さめがぽつんと言う。ふたたび無表情な声に戻っていた。善次郎の嬉《うれ》しそうな表情が気に入らなかったのだろうか。事故を予言し期待してでもいるようにきこえた。

ふり返ると、さめの姿はそこになかった。階段を音もなく上り、本堂の暗いひろがりの中に吸われるように消えて行くところであった。

柿見が家に戻ったのは、かなり夜もふけてからであった。種村の墓参をすませ善楽寺を出てからも、心が昂《たか》ぶり、そのまま家に帰るのが惜しくて、国道沿いに駅近くまで歩きビールをあおってきたためである。ジョッキを重ねて酔いが出てくると、肥田が囲っている善次郎の妻政子の飲み屋へ寄ってみようと思った。まだ眼に残っている善次郎の像に代って、何か一言いってやりたい気持が湧いてくる。

政子の店は、柿見の飲んでいるところからすぐ近くとわかった。肥田の好みらしく、両側に大きな赤提灯《ちょうちん》を下げている。縄のれんをくぐる。酔った先客が、いらっしゃあいと声をかけた。

政子は柿見の註文《ちゅうもん》をきくと、すぐ横を向いた。美人という評判ではあったが、柿見の眼には、ただ、型から打ち抜かれた白い面にだけ見える。彫りの浅い顔に、三日月型の眉が描いたように細い。眼は上瞼《うわまぶた》の切りこみが隈《くま》どったように深く、能面にでも化しそうな顔にわずかに光を与えていた。無表情で、顔の奥底までも鯨の脂肪層に似た無感応な表層が続いている感じである。

三人づれの客たちが騒いでいる。柿見はコップを一息に空けると、眼をつむるようにして、

「善次郎さんのことですが……」

「えッ」政子は小さな声で返事をしたが、顔はそむけたままである。柿見を見ようともしない。ただ、皿を洗っていた手が小刻みにふるえている。いく人、いく十人とない客たちの口から、善次郎のことをきかされ続けているのであろう。柿見には次の言葉が出ない。政子もまた善次郎に劣らず、彼女なりに傷ついていることを感じた。入隊の車中、肥田は傷痍《しょうい》軍人である善次郎と政子との不自由な性交のさまを、おもしろ

おかしく話していた。不幸は、あのときすでにはじまっていたのだ。善次郎が戦争に行かなければ、学歴からも技倆《ぎりょう》からもこの地方の一流の建築技師、その美人の妻として人々にうらやまれる日々を送っている筈《はず》である。二、三人の子供にとり巻かれ、不幸のかげさえ知らない生活をしているのかも知れない。それがいまは、幸福のかげさえ射さない表情で――。たとえ囲われているとは言え、肥田に対して果して笑顔を見せることがあるのだろうか。この能面のような女を肥田はほんとうに囲っているのだろうかと、それさえ疑わしく思えてくる。一壜《びん》空けただけで、柿見は家に戻る気になった。

　用水近くの柿見の家では、勝手口の戸を開け放したままで、そこから用水の水音にまじって蛙の声が風をしめらせ流れこんでいた。夜が更け、電燈《でんとう》の光が光度を増して、天井の梁《はり》の大きな影をつくっている、その梁の下の開いたままの仏壇の前で柿見の母は瞑目《めいもく》していた。

「お母さん」

　低い声で呼んだが、返事はなかった。坐《すわ》ったまま、母は深い眠りに落ちこんでいた。

　父の大きな位牌《いはい》の前に、白い木盃《もくはい》が置かれていた。斜めに電燈の光を受け、菊の紋章が浮き出ている。柿見は、まだ酔いの残っている眼をその木盃にすえた。柿見の眼をかすめ、いつの間にそこに上ったのか、という感じである。種村さめの玄関の端におかれた二つの木盃の箱と心の中で比べてみる。さめの冴《さ》えるような憎悪がいまは心地よく思い返された。

仏壇の一段下ったところには、蓋《ふた》を開けた木盃の箱と紫の小布があった。小布の隅には「肥田仁松」と達者な筆跡が染め抜かれている。翌年に迫った町長選に備えての布石なのだ。「肥田仁松」——白い四文字は、菊の紋章にしのび寄ろうとする生物のようにも見えた。

その小布を取りのぞこうと、膝頭《ひざがしら》で歩きはじめたとき、低い地鳴りがきこえた。身を立て直す間もなく、衝撃が柿見の家を下から突き上げた。柱がゆれ、柿見も畳の上に倒れた。うろたえた母の身体が重なってくる。仏壇の中では、木盃が独楽《こま》のように舞い、倒れた。

用水の中へ何かが崩れこんで行く大きな水音がきこえる。柿見は、台所口から裏の道へと飛び出した。

地ひびきは、用水にかかった橋からであった。柿見の不安が的中していた。渡り初めを終って半年と経たない橋が倒壊していた。倒壊というより転覆と言った方がいい。橋は夜空に向って、一方の端を蹴《け》上げていた。台風でも豪雨のせいでもない。水を吸った盛土が石垣を破って崩れ落ち、そのため、橋桁《はしげた》を省いた橋がひとたまりもなく傾いたのだ。

用水の速い流れが崩れた盛土を削《そ》いで行くにつれ、宙に浮く一本の巨大な棒になった橋は、もだえながら傾斜を深めて行く。水に洗われたためか、しめった夜気の中から木の香が匂ってきた。

直接の責任は工事に手を抜いた森にある。つい数時間前、善次郎を乗せて行った元気な笑顔が浮かんでくる。森のあの顔では、それほど苦にはすまい。むしろ工事をさせた町長肥田の責任が問題になろう。みごとに転覆した橋を、肥田はかくすことができない。町長再選をねらう身にとって、大きなつまずきとなることはたしかであった。その上、リベートのことが漏れた場合どうなるか。せまい町のことであるし、森の口もかたいとは言えない。用水工事以来、肥田を憎むことはあっても表面立って咎《とが》め立てる者はなかったのに、無心な橋がまず訊問《じんもん》に立ったのだ。橋にしてやられたと、柿見の顔に久しぶりに笑いが浮かんでくる。

一旦《いったん》静まっていた蛙の声が、にぎやかにはしゃぎながら盛り上ってくる。頭上には天の川が無数のきらめきとなって流れていた。父上、見て下さい。種村、見ろよ。このざまを——死者の霊を呼びこんで、共に笑いたい気持であった。

五

「大久保さん、大久保さんじゃありませんか」

総務部長室から出てきた男に向って、柿見は大声で呼びかけた。背を向けた長身の男は、県庁総務部前の廊下に溢《あふ》れる人混みの中を肩で分けるようにして大股《おおまた》に立ち去って行く。H高先輩の大久保にちがいないのだ。Fレーヨン工場で渉外関係を担当していると、森からも聞いていた。

関西旅行の帰途、皇太子が来県されることになり、その準備で総務部はにぎわっていた。廊下で待つ人の多くが、それに関連した陳情を持ってきている。その人混みの中を、柿見は泳ぐようにして後を追った。

数回呼んでやっと声が届いたらしく、男はふり返った。見違えるほど肥《ふと》っていたが、まぎれもなく大久保であった。眼鏡の中の小粒の眼が、相変らず鋭い。柿見の顔が思い出せないようである。人混みを分けて、普通に声の届くところまで来てようやく表情が変った。柿見のことは、森から聞いていたと言う。

「一度会いたかったが、何しろ、いそがしくてね。きみの町まではとても……」

女性的な高い声である。このところ毎日、県庁へ来ていると言う。

「ほら、皇太子殿下のことさ。殿下にうちの工場を御覧いただこうというのでね」

殿下という声が、柿見の耳に異様にこだましてひびく。

「殿下ですって？」

柿見は強い声で問い返した。その意味が、大久保にはわからなかったらしい。

「皇太子さまだよ。皇太子さまがお出《い》でになることを、きみは知らないのかね」

「知ってますよ。ぼくだって、その用事をかねて……」声を殺して言い、それから急に力をこめて「『殿下』、『皇太子さま』ですか？」

「そう」と大久保はまじめな顔でうなずく。

「セガレじゃないんですか」

柿見は声を張り上げた。大久保の表情は変った。せわしくまたたきする眼のふちから、顔が蒼《あお》ざめて行く。

「よせよ」

低く尖《とが》った声で言う。

「だって大久保さん、あなたたちはいつも皇太子のことを……」

「よせ！」大久保は狼狽《ろうばい》し、柿見の手をつかんで、廊下の端へ引っぱって行く。

「セガレじゃいけませんか」

引かれながらも、柿見は言い続ける。

人気のない階段のところまで来て、大久保はようやく手をゆるめ、

「ばかなことを言うな、聞かれたら、どうするんだ」

真剣な声である。

「しかし、大久保さんはH高の寮でいつも『セガレ』と……」大久保の表情を見て、すねた声になり、「もちろん、学生時代といまとは別でしょうが」

「そうだよ。生きて行く上には手を汚さにゃならん。いや、この場合、口を汚さにゃならんのだ」

と、ようやく、こわばった笑いをつくる。

「そうでしょうねえ。……でも、天皇制についての考え方は変りませんか。あなたの心の奥底では」

大久保の背広のボタンに眼をすえて言う。大久保は居心地悪そうに、

「まあそういう話は、ぼくの家でやろう。せっかく会ったんだから、お茶でも、と言いたいが、何しろいそがしいんだ。一度、森といっしょにぜひ、ぼくの家へ来たまえ。女房は料理がうまいんだ。サルテンボッカなどどうだ」

「サルテンボッカ?」柿見は気勢をそがれた。

「イタリア風焼肉料理だ。うまいよ。……三人でゆっくり食いながら、つもる話をしようじゃないか」

眼鏡越しに瞳《ひとみ》をちらちらさせながら言い終ると、大久保はそのままころげ落ちるように階段を下りて行った。ライト・ブルーのスマートな背広姿が消えてしまうまで、柿見は手すりにもたれて見送っていた。足もとから冷たい風が吹き上げてくる。柿見が県庁に来たのは、町会議員選挙の立候補関係書類と、肥田から総務部長あての手紙を届けるためであった。皇太子をぜひＧ町へ招こうと、肥田は躍起になっていた。町長再選へのふくみである。用水の橋が落ちてから、肥田のその意図はとくに露骨になった。それを知りながら、肥田の使い走りをしている自分は、大久保の言うように、やはり手を汚していることになるのだろうか。そう言えば、大久保のＦレーヨンも、工場廃液の放流でこの春、苗代を枯死させ、農民との間に一騒動起したばかりである。皇太子がそれほど安直に利用されていいものだろうか。総務部前の廊下を埋める人混みが、蠅か蛆《うじ》の集団のように思えてきて、その中へ戻る気がなくなる。汚れた手の先々にある皇太子の像が、あの清純な少年像にとどまっていられるかどうか。強い不安もこみ上げてくる。

正午近く役場に戻ると、今度は柿見が咎められる番になった。曇りガラス戸を押して半身入れたとたん、罵声《ばせい》が正面から飛んできた。それが柿見に向けられたものとわかるまでには、しばらく時間がかかった。罵声の主である西が眼の前に近づいてきても、柿見はガラス戸越しに表の人影を探したりした。

はっきり聞えた最初の声に、柿見は棒立ちとなった。

「天皇制とか何とか、きみはえらそうなことを言うくせに、全く肥田の走狗《そうく》じゃないか」

何故そんなことが言われるのか、柿見にはのみこめない。新制高校教頭の椅子を追われた西は、今度の町会議員選挙に立候補している。受付のはじまった日の朝、まっ先に立候補を届け出てきた。その気分の弾みが柿見にも心地よく、役場中にひびくような明るい声で応接したものだ。肥田の黒星続きと言い、この調子なら町議選で名をひろめ、翌年の町長選で肥田を破って、あるいは——とまで思われた。西の言う「役場内での橋頭堡《きょうとうほ》云々《うんぬん》」の意味はわからないが、できるだけ協力する心算でいた。その西が、眼の前で何故いきり立っているのかわからない。

罵声に追われるようにして自席に戻ると、門歯の大きな女事務員がせきこんで説明してくれた。立候補者としての西の名が新聞に出ていない。役場では立候補届をにぎり潰《つぶ》しているのだろう、というのだ。柿見には見当もつかない。事務的に受理手続を済ませ、後は庶務課長の手で処理され、その封筒を持って県へ届けているだけである。眼を返すと、庶務課長はうつむいたまま、机のかげで爪を切っている。

「何度言ってこようと、誰を通して言ってこようと、おれは絶対に立候補辞退はしないから」

西の大きな声は、肥田に聞かせようとでもするようであった。肥田は奥の席で斜めに背を向けている。立候補届はにぎりつぶされたまま、西を辞退させる圧力がかけられているらしい。西が腹立つのも当然である。だが自分までそれに荷担しているように取られているのは悲しかった。

「きみを『思想センター』に入れなくてよかった。入れていたら、何をされてたかわかりゃしない」

ひとりでわめき立てている西に、柿見は弁解することもできない。

「共謀者のくせに、天皇制論などと大きなことを言うんじゃないぞ。いいか、わかったか」

かすれた声を役場中にひびかせる。

「大体、K大生なんて奴は、子供じみた騒ぎをするだけの根なし草なんだ。そういう奴こそ、案外危険なんだ」

西との間の決定的な遠さを改めて知らされる思いで、柿見はいたたまれない。西に向い、肥田に向い、庶務課長に向って、わあっと叫び出したい衝動が突き上げてくる。その衝動を押え、西の罵声に耐えていると、眼と眼の間がひきつるようにふるえる。

西は柿見の前の窓口に顔を突っこみ、

「理非曲直は必ずはっきりさせるからな」

声をふりしぼって言う。その声に、庶務課長は爪を切っていた鋏《はさみ》をとり落した。

　あわてて床にかがむ課長を、西は裂けそうな眼で見る。吐くべき言葉を吐きつくし、怒りのやり場にとまどっている形相である。

　役場内は静まり返っていた。肥田が背を向けたままで大きく咳払《せきばら》いする。西は爪先《つまさき》立ちになった。だが、そのままで踵《きびす》を廻《めぐ》らすと、床を踏み鳴らして出て行った。

　凍《い》てついたように動きをとめていた役場内の空気が、ほっとしたように流れ出す。椅子がきしみ、話し声が起る。庶務課長は机のひき出しに鋏をしまうと、肥田のところへ寄って行く。肥田はすでに廻転《かいてん》椅子を廻《まわ》し、小肥《こぶと》りの体をこちらに向けていた。

　ざわめきの中から柿見一人が陥没していた。ざわめきの中へは、いくつかの柿見の分身が引き出され、いためつけられている。柿見は何をした訳でもない。だが、西に咎《とが》められた後で、今度は役場の空気に咎められている。「天皇制だって」「やっぱりK大出は……」そんな声が耳に届く。

　平和の歌の中で手を振って行った天皇の姿が、頭をかすめた。間の悪い役割と言うものがある。今のおれがそうかも知れぬ。だが、あの天皇の姿に比べればまだしも……と、強いて心を落着ける。

　庶務課長に名を呼ばれた。

肥田と課長が顔をそろえて、柿見の方を見ている。役場の中は、また静まり返った。

西のことであろう。話次第では、おれは何を言い出すかも知れぬ――下唇を噛《か》んで歩いて行く。

肥田は、そうして近づいて来た柿見の顔を下から見上げ、

「西の言うことなぞ、気にかけんでよい」

思いがけずそう言われてみると、柿見には別の不満が湧いた。肥田にとりなされる理由はない。にぎりつぶしの疑いを隠蔽《いんぺい》しようという言葉なのか。柿見は警戒する。

「しかし……」

「ところで、いま課長とも相談したのだが、一つ、きみに頼みたいことがある」

表情をすっかりゆるめて言う。

「善楽寺に使いして欲しいのだ。さめさんにのう」

「どんな用件でしょうか」

「簡単なことだ。皇太子の見える日には鐘を撞《つ》かんようにして欲しいと、ただそれだけだ」

「鐘をやめろと言うんですか」

言い直しながら、柿見は体が熱くなってくるのを感じた。

肥田やFレーヨンなど、まだ運動はしているけれども、皇太子のスケジュールは大体きまっていた。そのスケジュールによると、皇太子は十時ごろG町の駅に着き、駅

をはさんでG町とは反対側にあるM村の酪農施設の視察に向う筈《はず》である。子を想う十九の鐘が、ちょうどその時刻に打ち鳴らされる訳である。

「どうして撞いてはいけないんです」

「いかんとは言やしない。撞かんようにして欲しいと頼むんだ」

「……じゃ、なぜ頼むんです」

むきになって訊《き》き直す柿見に、

「わからん男じゃのう。がんがん二十も鳴らされたんじゃ、皇太子さまもびっくりなさるだろう。鐘撞く理由をきかれたら、どうするんじゃ」

怒りにあたためられ、柿見の視野は赤く染まってくる。

「どうするって？ そのまま答えればいいじゃないですか。海軍で死んだ息子をしのんで、母親が打ち鳴らしているのだと。ついでに、その母親はもう一人の息子のため小指を切り落していますと言ったらどうです」

「きさま、何を言うんだ」

庶務課長が椅子からはね上って、柿見に突っかかる。それに構わず、

「なぜ隠すんです。ですから皇太子は……」

声をふるわせて言い返す。

課長の後から肥田が、

「もうええ、いやなんじゃのう」

と、底太い声で念を押すように言った。

「ぼくはいやです。おことわりします……。だれか他の人をやって下さい」

「他の者じゃだめだから、きみを呼んだんだ。きみは種村の息子と友達だったし、さめの受けもいい。木盃《もくはい》だって受取らせたじゃないか」

顔を赤くして言う庶務課長に、

「受取らせたんじゃなくて、玄関の端に置き棄てて来たんです」

肥田が大声を出した。

「何だと。御紋章入りの木盃を玄関に棄てたと……。ようし、ようし、もう、おぬしには頼まん」

「だが、柿見以外の役場の者では……」

「役場の者でなくとも構わん。わしにあてがある」とはげしく言い、柿見をにらみつけて、「さがれ。さがれと言うんじゃ」

柿見はふたたび自席に戻った。椅子に腰掛けているのだが、その感覚がない。まわりは冷え切っている。動こうともしない空気の中に、肥田と課長の声だけが鈍くひびく。

やがて肥田は出かける気になったらしく、運転手に電話がかけられる。黒いシボレー五四年型車が曇りガラスの向うにとまった。

課長が戸を開き、二人の姿は消えた。車の低い始動音がし、すぐに、その影は見えなくなった。役場の空気はまだ融《と》けない。

そのとき、車の出て行った方角から、ベルトを巻きこむような急ブレーキの音がしたと思うと、車と車のぶつかる大きな音がきこえた。

「町長さんの車だ」「肥田さんが!」吏員《りいん》たちは口々に叫んで席を蹴《け》る。まるで、事故を待ち構えてでもいたかのようだ。先を争って表へ飛び出して行き、ガラス戸がやかましい音を立てて何度も開閉する。

柿見だけが残っていた。町長の車だとすると、肥田がけがしたのだろうか。柿見には苦笑がこみ上げてくる。肥田をにくむだけで、何一つできぬ自分たちに代って、先には橋が転覆し、今度は自動車が衝突する。それら無意志なものの方が、はるかに倫理的・行動的ではないか。

吏員たちが駈《か》け出して行った先の方からは、一団となったざわめきがきこえ、しだいに高まってくる。それにしても、善楽寺への使いのあてがあると言ったのは、誰をさすのだろう。肥田自身の弟、善次郎のことではないのだろうか。さめが善次郎だけに対しては寛容であることを肥田は知っている。あの善次郎を使って、さめを泣き落すことも考えられるのだ。そうしたとき、さめと善次郎の間は……。不幸な予感が湧いてくる。と言っても、柿見自身引受ける気にはなれない。あの十九の鐘の音をなぜ止めねばならぬのかと、その点については気分は猛々《たけだけ》しくなるばかりである。

黒く盛り上った人影が、曇りガラスに近づいて、吏員たちが戻ってきた。二人の男に肩を支えられた肥田が現われる。後から女の手が、ハンカチで肥田の片頬をおさえている。ガラスででも切ったらしく、血がハンカチを染めて、顎《あご》へ伝わっている。

一人残っている柿見の方を、肥田は見ようともしない。肩を支えられ、ゆっくり過ぎて行く。衝撃に放心した顔——復員した朝、牛車をひいていた肥田の顔に戻っていた。一廻りも二廻りも小さくなり、禿《は》げ上った額にも、頤《あご》から太い首にかけても深い皺《しわ》が目立つ。

重なり合った吏員たちの背に押されるようにして、肥田の姿は応接室に消えた。ソファにでも寝かされたのであろう。医者に電話がかけられる。指図しているのは、肥田の顎をおさえていた女であった。小学校の保健の教師らしい。

吏員たちからおくれて、また一つの黒い影が表に近づいてきた。オートバイを引っぱっている。故障したのか、車体をひきずる重い音がする。

戸を開けて入ってきたのは、森であった。ヘルメットのふちが土に汚れている。柿見の顔を見ると、唇をゆがめて笑った。

ヘルメットを外しながら、応接室の方に歩いて行く。吏員たちは、まだその入口に黒くかたまっていた。その中をわけて、入って行く。

自動車も戻ってきた。窓ガラスが割れているだけで、他に故障の様子もない。吏員たちは応接室の入口に大きな一かたまり、その他、三つ四つの輪にかたまって自席に戻ろうとしない。思いがけぬ息ぬきの時間を、もっともらしい顔でたのしんでいる。

「大変なことをしたなあ」

応接室から戻ってきた森の顔を見て、柿見は言った。

「まあ、一、二万の損かな」

「何が？」柿見は驚いた。

「オートバイの修理代さ、ヘッドを少しやられてね」

「それより、肥田のけがはどうだい」

「大したことはないだろう」森はすまして言い「向うの方が悪いんだ。警笛も鳴らさず、一旦《いったん》停車もせずに国道へ飛び出してきたんだからな」

「きみの方だって、相変らずの猛スピードだったんだろう」

「まあ、そうさ。ふつうなら、こっちがおだぶつだ。これがあったから、命びろいしたんだ」と、ヘルメットを撫《な》でる。

「今日はな、きみの家の近くのあの落ちた橋の再建工事だ。リベートがばらされるのが恐くて、肥田はこちらの言うままに予算をくれた。同じところで二度も工事をさせてくれるとは悪くない。今度はたっぷり儲《もう》けさせてもらうよ」

柿見は眼を洗われる思いで、森の陽灼《や》けした顔を見返す。

「きみも大分、悪党になったな」

「多少は悪いことをしないと生きて行けないよ。だが、罪ほろぼしもする。次には出血覚悟で、政子のアパートをつくるんだ」

「政子と言うと、肥田善次郎の……」

森は煙草の輪を吹き上げ、

「そうだ。肥田が弟から奪った女さ。あの女が肥田のみついだ金を全部貯めておいて、今度アパートをつくるんだ。飲み屋を止め、行く行くは肥田と縁を切って、善次郎を引取るふくみなのだ」

「ほんとうか」無表情な顔のかげに、そんな計画がかくされていたのかと、柿見は驚いて念を押す。

「肥田の先だって見えているし、あの女も四十を越した。女は女なりに考えていたのだろう。……善次郎は、肥田の娘の下着姿を見ると、跡始末もできぬのに自分を瀆《けが》すらしい。そんな話が身につまされるんだねえ」

「そんなことが？」

「女の気持って、そんなものだ。変なところにほだされるんだ。ひろみだってそうだ」柿見の顔を意味ありげに見て、「H高の寮で、きみがひろみを待ちあぐねて酔っ払ったという話をしてから、きみに対する気持が目に見えて変ったよ」

「そんなことまで話したのか」

言いながら、柿見は体が熱《ほて》り出すのを感ずる。杉木立の奥で、爪の割れるまで弾き鳴らすピアノの音。あら、いらしてたの、声とともに縁側に立ったひろみの顔が浮かんでくる。

正面の戸が開いた。吏員たちの物うい視線の中に、肩を張った一人の男が入ってくる。その男が眼に入ったとき、ひろみへの想いは吹き飛ばされ、柿見は呼吸がとまりそうな衝撃を感じた。

肘《ひじ》で森をつつき、

「おい高橋ではないか」

声がおくれる。柿見の体はまるめられ、急速な勢いで、十年近い過去へ押し戻されて行く。中学時代の体育教師の高橋。『大義』をすすめ、婦人雑誌を読んだからと、種村らを殴り、あの入隊列車の中では肥田と組んで種村や柿見を殴りつけた男。——鴇《とき》色の『大義』が眼の前で舞う。柿見は机の引出しに手をかけた。そこに『大義』がある。その秋の虫干しに納戸から出してから、役場に持ってきていたのだ。

机に向っていたのが柿見だけなので、高橋はそこへ近づいてきた。

「肥田町長はおられるか」

反るようにして言う物いいにも、まだ将校調が残っている。柿見はそれには答えず、

「高橋先生ですね」

あざやかな憎悪に噴き上げられるように言う。高橋は面倒そうに柿見を見直し、その横にいる森を見た。森の顔に見覚えがあったようで、

「ああ、きみたちか」

「先生は教育委員会においでだそうですね」

「主事をしている。いまも向うの小学校を視察してきたところだ」

皇太子に関する用ではないか、と頭にひらめくものがある。それは口に出さず、柿見は引出しから『大義』をつかみ出した。鴇色の表紙が色褪《いろあ》せて硫黄《いおう》色に近くなっている。

「先生、この本を御存知ですか」

「『大義』？　古い本を持っとるなあ」

物好きと言わんばかりの口調である。眼は柿見を越して、役場の奥を探している。

「先生がすすめられた……。ぼくたちはこの本に生命をかけてきました」

生返事ばかりする高橋に、柿見は『大義』をつかんで、突きつけた。

「この本で種村を殴ったのを覚えておられますか」

「種村？　さあ、昔は大勢殴ったから、一々殴った奴の名など覚えておらん」

「しかし、予科練に入隊する汽車の中で散々殴ったんですよ。肥田さんといっしょに」

「それがどうしたんだ」

「あんなときに……。しかも、この『大義』で殴るなんて……。種村は間もなく死にました」

「ほう」高橋は気のない返事をし、「肥田町長はどこなんだ」

「先生はこの本のことを……、天皇制を、いまはどう思われるんです」

言葉はふるえて涙声に近くなる。散っていた吏員《りいん》たちが視野の中に大きな円をえがいて近づいてくる。

「天皇に身を奉ずるの喜び、なべての者に許さることなし。その栄を喜び、捨身殉忠、悠久の大義に生くべし。……皇国に生れし幸い、皇道に殉ずるもなお……」

突きつけたままの『大義』を開き、ふるえる声で読みはじめる。開けたページの箇所でなく、記憶の中の文章である。

耳もとで森が叫んだ。

「柿見、よせ。……先生、肥田町長は奥の応接室にいます。応接室で血まみれになってますよ」

「血まみれ？」高橋ははじめて表情を変えた。その高橋の顔に、森は皮肉な口調で続ける。

「みんな忘れりゃいいんだ。なあ、先生。そんな昔のことは覚えてる方が異常でしょう。……やられた方は、一生覚えていますがね」

*

大久保のFレーヨン社宅。うすい蜜柑《みかん》色の花柄を散らせた壁紙が部屋の三方を囲み、庭に開いた窓には、鮮紅色に白く縦縞《たてじま》を通したカーテンがかかっている。肘に力をこめなければ起き上れないほどの深々としたソファ。マントルピースを模した飾棚には、こぼれんばかりの花を活《い》けた花瓶と、金色のピアノ型のオルゴールが置かれている。眼に映る部屋の中の色彩で、語りかけてこないものはない。空気までが赤い棉《わた》菓子のようである。並んでソファにかけている森も柿見も、部屋の気分に押されがちで、しばらくは口数も少かった。

木細工のすだれを越したリビング・キチンからは、大久保の言う「イタリア風焼肉料理」なのであろう、肉の焦げる匂いが流れてくる。大久保の妻の、タイト・スカートもはちきれんばかりの下半身もちらつく。

隣家と共用で防犯をかねて取りつけたという庭先の螢光《けいこう》ランプの下には、刈りこんだ芝生が浮き出て、明るく眼を射返してくる。並んだ植木鉢のはしには泉水があるのか、水音が絶え間なくきこえてくる。水音と言えば、この社宅では蛇口をひねれば、温水・冷水が自由に出る。

畳も襖《ふすま》も天井も同じ燈油《とうゆ》色、庭には雑草が生い茂っていただけのH高時代はすでに遠い。学生討論会の終った夜、森を囲んだ大久保、柿見の三人で雨音の中で天皇制を論じ合った。いまは、イタリア風焼肉の焦げる音と泉水の水音の中で……。だが、柿見の関心は変らない。

柿見（せきこんで）大久保さん、天皇制をどう思います？

大久保（表情を締めて）早速、天皇制か、きみはずい分……。

森　柿見は誰に対しても二言目には『天皇制は？』なんです。……だが、ぼくも大久保さんの考えがききたい。

大久保　それほど、いま天皇制が問題なのかね。

柿見　問題であろうとなかろうと構わない。天皇制ほど大事なことは、ぼくには考えられない。天皇にぼくたちは自分のいちばん大事なものを捧《ささ》げつくした。生命をかけ、青春を知らなかった。（大久保のうるさそうな表情に構わず）大義の世界に没入し、それから投げ返された衝撃だけで、一生を終ってしまった感じがする。後は抜けがらになり、惰性で生きてきたようなものだ。抜けがらが、抜けて行った本体の行方を気にすることは当然でしょう。ぼくだけでなく、また軍人上りだけでなく、何万、何十万という……。

大久保（柿見の発言を封じこめるように）やきもきしなくても、歴史の流れを見給え。多少は寄せる波、返す波があっても、ヨーロッパの王制と同じで、五十年か百年先には自然消滅してルンペンになっちまうよ。

森（まるい眼をみはり）自然消滅などということはない。今のままでは、むしろ段々えらくなってくる。えらくした方がうまい汁を吸える連中が日本には多過ぎる。

柿見（声をはずませ）そうだ。天皇というものは、支配権力にとって実に便利な存在だからな。国民の総意を代表し、それを越えた存在ということにしておけば、たとえ自分たちが不都合なことをしても、天皇の意志だと責任を逃れられる。国民の批判を無視することができる。世論にすり代り、世論をおさえつける権威――天皇元首説がまた出てくる筈《はず》だ。しかも、憲法改正ということで再軍備と結びついて。……国防などと言ったって、結局、そのときの政治権力を守るだけ。国民は狩り出され殺される。そんなとき、一番適当な冠が天皇制だ。天皇という一語ですべてが正当化される。

大久保（にがにがしげに）わかり切ったことだ。政治権力と結びつく天皇制が悪いことは。……いま、問題にしているのは、いつか森の定義した第二の天皇制、象徴としての天皇制のことだろう。

柿見　現在のままでも、象徴という非政治性に基礎を置いて、ときには最も政治的な役割を果すこともある。京都巡幸のときがそうだ。警官隊に守られ、その中で「平和の歌」に手をふる天皇……。天皇も不幸だし、学生も不幸。不幸はもうあれぐらいで、決してあれ以上に進んではならぬと思う。（大きくため息をつき）それにしても、H高祭で見た皇太子の像がなつかしい。あのとき、大久保さんたちに「天ちゃん」だの「セガレ」だのと、いやがらせを言われ、それに押し出されて見に行ったのだが、ほんとうに良かった。全身でこたえ合うような素朴な親愛感……。ぼくはあのとき直感的に、大義に賭《か》けてきたことが無駄じゃなかったと思った。大久保さんも森も、その親愛感を持たない。不幸だと思うな。

大久保　きみはえらく親愛感にこだわるね。あれも一つの演出じゃなかったのか。

柿見（かたくなに）たとえ演出だとしても、やはりあの像を信じる。あの像のたしかな親しさを信じる。

大久保（きめつけるように）きみは親愛感に凭《もた》れ過ぎているよ。親しみやすいということは、むしろ危険だ。身近な親しみ深い権威だからこそ、力を持つということもあり得る。もともと親愛感なるものは、明治以来、教育されこしらえあげてきたものだ。権威として確立しておいて、親愛感で国民にしみこませたのだ。きみが経験した親愛感だって、その遺物さ。（しだいに雄弁になり）戦後はとくに、落ちぶれた者への日本人特有の妙な同情心から、余計に親愛感を強めたのだろう。親愛感が十分だと、今度は権威づけが来る。戦前は権威プラス親愛感、戦後は親愛感プラス権威。それで結局は……（と言ってから、はっと口をつぐむ）

柿見（大久保の動揺を見逃さず）相変らず鋭い分析ですね。でも、あなたはその傾向に同調しているのでしょう。「皇太子殿下」「皇太子さま」などと騒いで。

大久保　口先だけの現象面で判断しちゃいかんよ。

森　じゃ本心は。

大久保　……（二人をすばやく見比べただけで答えない）

柿見　ぼくも親愛感が利用されれば危険だということは知っている。でも、純粋な、硬質の親愛感だけの存在になればいいと思う。イギリスなどのように。

森　イギリスじゃ、王女の扁桃腺《へんとうせん》手術を市民病院でやったというじゃないか。それに、エリザベス女王が水害地見舞に行くのに長靴をはきジープで出かけ、ぬかるみでジープが動かなくなったら、飛び下りて車の後押しをしたというぜ。それでこそ正真正銘の親愛感が湧いてくる。イギリスに比べれば、日本ははるかに後れている。後れているどころか、ますます遠ざかって行ってしまう。

柿見　とり巻きが悪いんだ。

森　たしかに悪い。硬化石化したような連中だけが集まっている。皇太子も気の毒だ。柿見じゃないが、もしH高の老校長のような人物が御学問掛なら、皇太子の日常もどれほど明るく開放的なことだろう。いまは平和運動でいそがしいが、あの老校長こそ、ほんとうの意味での天皇派じゃないのか。

柿見（二人の会話のやりとりに、ほっとした表情で煙草に火をつけている大久保に向い）大久保さんは、具体的に（と力をこめて）天皇制をどうしたらいいと思います。

大久保（腹立たしそうに）おれにはわからん。大体、自分の家の明日の設計さえ十分できないのに、他人の家の将来のことがとやかく言えるものか。

柿見　他人の家？

大久保　天皇家のことだよ。（吐き棄てるように）天ちゃんや、おふくろや、セガレのことだ。

柿見（声を高め）セガレの前途はどうでもよいというのですか。

大久保（たしなめるように）あまり大きな声を出すな。うちの女房はG大出で、皇太子とは同門だ。セガレなどときこえたら、毒を盛られるぞ。

大久保の妻（スープ皿を運んできて）セガレって、誰のことですの。

大久保　きこえたのか。まずいなあ（と舌打ちし）皇太子殿下のことだ。

大久保の妻（顔を見守る三人の前で、高い声を立て）皇太子さまがセガレなの。そうなの？　セガレなの。

大久保　そういう呼び方をする奴もいたんだ。ごく一部には。

柿見（せきこんで）大久保さん自身が……。

大久保の妻（余り気にもとめぬ風で）そう。だけど、セガレと呼んでどうなるの。

大久保　昔の話だ。もういいじゃないか。（眼で妻を去らせる）

柿見（相変らずこわばった顔で）大久保さん、天皇制について、ほんとうに、どう思ってるんです。

大久保　くどいねえ……。そういうことにとらわれちゃ、生きていけないんだ。おれは社会に出てから、考えまい、忘れようと無理に努めたものだ。そういう苦しみは、きみにはわかるまい。きみのような中途半端な職場にいるものには。

森（黙りこんだ柿見に代り、突き放すような口調で）忘れることは案外にやさしいんじゃないかな。日本人は忘れ過ぎるぐらいに忘れる。愛情が淡い。憎しみが続かない。すぐ忘れてしまうんだ……。執念深いことこそ、これからの美徳じゃないか。

大久保（弱々しく）ともかく、ああいう場所で、「セガレ」と言うのは、止《よ》してくれよ。

森　それは止した方がいい。（柿見に向い、まじめな顔で）きみはときどき、ああいうつまらぬことをする。変に衝動的なんだ。（苦笑して）おれも昔はそういうところもあったが……。いくら腹が立ったからと言って、役場の連中のまん中で『大義』を読み出すなど、尋常じゃないよ。それに何の役にも立ちはしない。（柿見の顔をのぞきこむようにして）きみは、つまらぬことで人生をすり減らして行きそうだな。

柿見　ぼくも反省している。さっき大久保さんの言われたように、中途半端な職場で毎日が完全に燃え切っていないせいかも知れん。……だが、（と森に訴えるように）ああいうふうに衝動的に行動したくなる気持はわかってくれるだろう。

森（大きくうなずき）わかる。……しかし、それでは自分をみじめにするばかりだ。

大久保（いたずらっぽく）柿見の生理のせいじゃないか。

柿見（憤然と）まさか。女じゃあるまいし。

大久保　いや、男だって……。男だからこそ、そうだ。早くフラウをもらって生理的に発散させ、落着いた方がいいんじゃないか。

柿見（皮肉な口調で）結婚すれば大久保さんのように円熟しますか。

森（大久保の言葉に考えついたように）おれは大勢の兄弟を片づけにゃならんので、当分結婚はできぬが、そう言えば、柿見ももう結婚すべきだな、ひろみに打ちあけたらどうだ。おれから話してやろうか。

柿見（狼狽《ろうばい》して）まだ何もひろみさんと……。

大久保　柿見のいい人かい？

森（大久保にうなずいて見せてから）おれはいま一つのプランを持っている。多少儲《もう》けもたまったし、建築材料のハンパがずい分あるから、それで小さな花嫁学校をつくろうと思っている。それも洋裁や料理だけでなく、政治・経済の常識や時事問題の解説などもやる。少しでも政治を見抜く力を若い婦人層につけようと思うのだ。有権者数だって女性の方が多いし、それに子供の命に最も敏感なのは母親だからな。二度とさめさんのように手おくれにしたくない。（まともに柿見の眼を見て）きみにはその面の教育をやってもらい、ひろみに家政や音楽を受け持ってもらう。……できれば役場をやめて、柿見が校長に、ひろみが副校長になってくれるといい。

大久保（からかうように）なるほど行動的だ。だが、皇紀二千六百年式のはったりじゃないのか。

柿見　森のことだ、やるでしょう。馴《な》れぬ建築屋稼業をここまでやって来たのだから。

大久保　橋を落して二重に儲けたそうじゃないか。その花嫁学校も天井が抜けるんじゃないか。（森も柿見も黙って答えないので）それとも、皇太子の道路工事で儲かったのか。

森（きっぱりと）いや。うちはやらない。天皇や皇太子のために道路をよくするなんて……。民主主義だというのに、いつも国民の幸福は後廻《まわ》し。国民のためにできぬことが、天皇や自衛隊のためならできる。それほど、国民を小ばかにしたことがあるか。おれはいくら儲かったって、天皇道路や防衛道路には手を出さない。自分をみじめにして、商売したくはないんだ。それより（と、大久保を見返して、にやっと笑い）橋を落して儲けるよ。

大久保（冷やかして）森もH高時代に比べると成長したな。丸坊主に軍服つけて、「皇紀二千六百年……」とやり出したころは、いったいこの男どうなるかと思った。（そのまま柿見に向い）柿見もえらく執念深くなったな。もっともそれが美徳だというのだから……。ところで、愚痴ばかり言っていないで、柿見自身は具体的に（と力をこめて）天皇制をどうしたらいいと思ってるんだ。（たたみこむように）きみ自身はどう考えているんだ。

森（横からすくいとるように）まず、皇居を移転させることだ。維新当時、将軍家が駿《すん》府《ぷ》へ移って政治への未練がないことを示したように、天皇家もどこかへ移ることだ。移転先はどこでもよい。天皇なり皇太子なりの好みだけできめる。沼津《ぬまづ》でも軽井沢《かるいざわ》でもよい。ともかく政治の中心から遠ざかることだ。……そして、最後は伊勢《いせ》神宮《じんぐう》の宮司のような、祭司長的存在になればいい。そうなれば、政治家も利用すまい。伊勢神宮のお告げだからと言って、道路をつくったり、戦争をはじめたりすることはできないからな。（柿見がはじめて見るまじめな表情で）日本人は短気だから、なくすなら一挙になくしてしまおうとするかも知れぬが、こうして、ほぐすようにしてなくして行くのだ。ほぐす過程は、国民が大事にされて行く過程であり、同時に天皇や皇太子が人間として幸福になって行く過程なのだ。

六

けたたましく半鐘が鳴り出した。近火を告げる乱打である。馴れぬ除草作業に疲れて、もう寝入っている母を残し、柿見は戸外に飛び出した。

皇太子の通過を翌日にひかえ、心もちかたくしまっているような町の夜気をふるわせ、半鐘が打ち鳴らされてくる。近火の筈《はず》だが、火が目に入らない。

用水ぎわまで出て、柿見の足はすくんだ。火は善楽寺の丘である。黒い杉木立を下から染め上げて、緋《ひ》色の炎がゆれている。

本堂や鐘楼の屋根が、ときどき火の粉を受けて光る。さかんに燃えてはいるが、火もとは案外に小さいようだ。静まり返った善楽寺の丘の頂近くで、護摩かキャンプファイアが焚《た》かれているような感じである。

駈《か》け出した柿見の耳を、半鐘がせわしく打ちつづける。町中の半鐘が鳴っていた。夜目に白い国道を、町に一台の消防三輪車がサイレンを鳴らして行く。ばらばら駈けて行く胡麻《ごま》つぶほどの人影がヘッドライトに横刺しになっては消える。三輪車で大した消火力もないのだが、サイレンのひびきだけがいかにも心強い。小道へも入れるという理由で、それは買われた。町長のシボレー五四年型車は小道へ入る必要がないらしい。

　国道に出るといく人も走って行く。消火の応援というより、やじ馬である。日頃、人を寄せつけぬ善楽寺の森へ、当惑するさめの顔を見てやろうとの意地悪い気配が流れている。自転車やバイクが次々と柿見を追い抜いて行く。

背後からまぶしい光を浴びせてきたヘッドライトが、柿見の横で急停車する。森と気づくと同時に、後部シートへ飛び乗っていた。

　珍しく人声や車の音でみだされる善楽寺の山道を、エンジンを全開して上って行く。寝たきりの住職をかこんだ母娘ふたりが、荒々しい火のさわぎに、小さくなってふるえている様が眼に浮かぶようである。憲雄、哲男の二人の兄弟さえいたなら——それを思うと、全速駆動している筈の森のオートバイまで、もどかしくなる。

　はげしくバウンドしながら、山道を中途まで上ったところで、ヘッドライトは奇妙な人影を映し出した。大きな杉の根元で、二人の消防団員に見下されている人影がある。濡《ぬ》れ雑巾《ぞうきん》をまるめたように、地面にうずくまっている。ライトを見上げた異様な顔。肥田善次郎であった。そこにどうして善次郎が……。不具者の善次郎が駈けつけてこれる筈はない。とすると……。森もはっとしたようだが、そのまま速力もゆるめず、車を走らせて行く。

　丘の上なのであざやかに見えた火も、納屋を半焼しただけで消えていた。水を使い残すのが惜しいように、消防三輪車は黒い板の上に音荒く放水をつづけている。はじめから水を使わなくとも、そこに集まった人の数だけで、踏み潰《つぶ》されそうな火であった。

　黒くうごめく人の渦から離れ、庫裏《くり》を背にひとり放心したようにひろみが立っていた。檀家《だんか》なのか、それとも、ただの好奇の客なのか入れ代り言葉をかけに行く人影に、機械仕掛のように頭を下げる。さめの姿は見えない。森と柿見はひろみに歩み寄ると、介添するように、その両側に立った。ひろみは濡れた眼をいかにも嬉《うれ》しそうに光らせる。

　境内に人の影は増えるばかりであった。火事の現場だけでなく、本堂から、鐘楼、さらに庫裏の方まで透かすように眺めて行く。ずい分荒れたのう。子供を入れん罰じゃ、聞えよがしの声もする。

　人気も火の気もない納屋からの出火原因は、放火だった。その容疑者が肥田善次郎だという。納屋の藁《わら》を持ち出し、火をつけたらしい。不自由な手が散らした夥《おびただ》しいマッチの軸木、燃え残りの藁。最初に駈け上ってきた消防夫が、山道を下りてくる善次郎を見つけた。ズボンの裾《すそ》が焦げていた——。

消防夫の話を耳にはさみながら、二時間近く三人はそうして立ったまま見舞客に応接し、やじ馬たちに見まもられていた。足がしびれてきた。うすい三日月に照らされた境内から最後の人影がなくなるまで、立ちつくしていた。

「すみません、ほんとうに助かったわ」

いつか木盃《もくはい》を置いた庫裏の玄関に、ひろみはくたくたと坐《すわ》りこむと、疲れ切った顔を上げ、

「ずい分、ねばって下さったわね。助かったわ」

くり返してから、すねるように、

「わたし、お二人にこれほどねばっていただけるとは思わなかった」見咎《とが》める二人の顔に、「だって、お二人とも折角入った大学は中退なさるし、とても、ねばりのある方に思えなかった。戦争のせいでしょうけど、何か、ぽろりとあきらめてしまいそうな方に見えてたの、ごめんなさい」

「いたちの最後っ屁《ぺ》というけど、ひろみの奴、痛いことを言う」

苦笑しながら車を引き出す森は、柿見を鐘楼の方向に誘った。善次郎の行動を、自分の眼でたしかめておきたかった。

ヘッドライトの光を、鐘楼の急な石段にすえる。一段目、二段目……。藁屑《わらくず》が散り、あきらかにゴム靴らしい跡が残っていた。靴を手にはめて、やたらに捺《お》しまくったように乱れてついている。善次郎の言う「非公式用」のズック靴の跡である。上ろうとしては何度も滑り落ちたのであろう。三段目から上にはない。鐘楼に放火しようとしたのだが、不自由な体で石段を上れず、代りに納屋に火をつけたのであろう。ゴム靴のみだれた跡は、肥田をおそれる善次郎の心を、そのまま印していた。肥田は善次郎を通して、鐘を止めるよう何度もさめに頼ませた。だが、さめは聞き入れない。そのあげく、鐘楼への放火を善次郎に言いつけたのであろう。

善次郎は引き立てられて行ったのか、老樹の根元に人影もなかった。ふたたび国道に出る。森はスピードをあげない。二人とも心が重く、口がなかなか開かない。しばらく走ってから、

「肥田の方が役者は上だなあ」

森としては珍しくため息をつく。

「どういう意味だい」

「鐘楼を焼かせようとしたことさ」

「それほど明日、鐘を鳴らされるのが、いやなんだろうか」

「明日だけのことではあるまい。明日は口実さ。……肥田は鐘が鬱陶《うっとう》しい。町役場へ

も町一面にも毎日鳴りひびいてくる鐘。木盃のこともあるし、肥田が手をつくして頼んでもことわられた。肥田の言うことはきかない。子供を返せとだけ打ち鳴らしてくる鐘だ。町の名物と言うには、余りに陰惨だからな。それに町民の一部の善楽寺への反感もある。そうしたことを肥田は計算に入れているのだ」

「だが、善次郎さんを使って放火しなくとも……」

「そこが役者の上なところだ。肥田は一石二鳥をねらっている。善次郎をなんとか処置したいのだ」

「と言うと？」

問い返しながらも、柿見には肥田のねらいがぼんやりと見当づいてくる。

「政子はやはり女だ。アパートの計画をつい肥田に漏らしてしまった。善次郎のことも匂わせたのだろう。肥田は政子の気性なら、やり抜くことを知っている。とすると、その計画を妨げるには、善次郎を何とかすることだけだ。それに最もいい役割が今夜の放火だ」

闇に頭を下げるように、柿見は大きくうなずく。

「口どめされてはいるだろうが、肥田に言いつけられたことを善次郎は話すだろう。だが、肥田の方でそうしたことはないと言い切ればそれまでだ。肥田の地位から言ってもそうだし、そうしたばかげたことを肥田が命ずるはずはないという先入観もある。

その上、善次郎はあの通りで、頭だっておかしい。善次郎の異常性を示そうとかかれば、いくらでも証拠をあげられるからな。さめに対し、何かで腹立って、発作的に放火したという筋は簡単に組立てられる」

柿見は黙って、森の肩越しにヘッドライトに浮かび上ってくる国道をみつめる。この道を肥田の牛車に乗せて来てもらったのは、まだ、つい先日のことのような気がする。藁靴《わらぐつ》をはいた牛の足音、やわらかな牛車のきしみ、鳩色に退《ひ》いて行く朝も……。命も体も賭《か》けた後の、無限に休暇が続くように思えたあの静かな朝は二度と戻らないのであろうか。あのときの肥田には、欲も野心も何一つないように見えた——。

黙りこんだ柿見に、森は話題を変えると、

「西先生も町から出て行ったしなあ」

柿見は声を出さずにうなずく。あれほど勢い立って役場にどなりこんできた西も、届出〆切《しめきり》寸前に町会議員立候補を取り消してしまった。どんな形で肥田の圧力がかかって行ったのかは、わからぬままであった。柿見は西の言葉を思い出し、

「こんな町は活動の舞台にならぬと言っておられたが」

「この町で活動できぬ者が、どこへ行って活動できよう」

森はきびしい声で言った。

西を失えば、「思想センター」というサークルもやがて解体するであろう。柿見は、

自分が参加していた訳でもなかったのに、皮膚を一枚剝《は》がれるような淋《さび》しさを感じた。

三日月はいつか消えていた。深い闇の中には、右にも左にも肥田の眼が伏せているようだ。ヘッドライトの光を短く断ち切り、息苦しく押し迫ってくる闇。その闇の厚みは、町を越えてひろがり、日本中を塗りこめているようにも思える——。

柿見を家まで送ってくれる心算なのだろう。用水ぎわの道まで来ると、森は車を国道から外《そ》らせた。用水の流れの音が、車のすそを洗って行く。

「肥田はこの用水の功労者ということで、駅頭で皇太子に拝謁を許されるそうだな」

森が顔をふり向けて訊《き》く。

「噂なんだ。役場には別にそうした通知はなかった。どこから、そんな噂がひろがったのか」

柿見は答えるのもいまいましい。どんな風にしてひろげられて行ったのか、その噂はＧ町中に信じられていた。肥田の隠然とした力は、まるで闇の厚さと同じなのだ。

「肥田のやりそうなことだ。人を使ってやってるんだろう。皇太子が駅を通り過ぎる、その前で何か一言言って頭を下げれば、単独拝謁ということになる。それで肥田は功労者と認められる訳だ」

行手の闇の中に、肥田に詐取された柿見の家の水田が近づいてくる。柿見はその水田めがけて叫びかけるように、

「あんな悪党の手で、皇太子の像が汚されると思うと……」

「汚されたって構やしない。そういうセンチなことを言ってるから、衝動的になるんだ」

たしなめにかかる森に、柿見は苛立《いらだ》って、

「汚されるという気持がきみにはわからないのか。いたたまれなくならないのか」

「わかる。……だが、どうしたらいいんだ」

柿見は答えられぬ。胸がしきりに灼《や》けてくるばかりである。

「皇太子の前で、肥田を殴ってでもやるか」

強い皮肉をこめた声だが、その言葉に柿見は誘いこまれるような甘さを感じた。皇太子の前で……。頭は機能を止めて、鐘のように鳴り出す。そうした柿見の心に気付いてかどうか、

「センチになるなよ。衝動的になるな」

森がまたさとすように言う。柿見の熱い体をもてあますように、オートバイは縦に横にゆれながら、闇の中を走って行く。

君が代の合唱がきこえてくる。

朝から何度もの練習で、単純な節廻《まわ》しがそれなりにまとまって歌い上げられて行く

のが、柿見の耳にもわかる。小学校では朝からの授業もやめて、最後の仕上げをしているのだ。それにしても、国歌としての君が代の意味を、教師は子供たちにどう説明しているのだろうか。柿見は、小学生の頃、担任教師が難しい用語で、石が次第に大きくなることが物理的にもあり得ると苦労して説明していたことを思い出す。年をとった教師なら、君が代を歌わせ、やがて死んで行った数多くの教え子たちの顔が浮かんでこないだろうか。

歌が止むと、柿見には別の方角から君が代がきこえてきた。きいみいがあわ　よおわちよにい……。幻聴は一段と高まってくる。学生たちに無理に歌わせようとした宣伝車やK大の職員・守衛たちが張り上げるざらついた声。やがて、その声を圧倒するように起った「平和の歌」。戦いのさなかに倒れた友　流された血で我等は結ばれた山川異なる世界の青年……。「天皇陛下万歳と残した声が忘らりょか」のプラカード。黒い警官隊の突撃——。役場の机に向っていても、柿見の眼も耳も、思い出の中にうつろになっている。そうした柿見を怪しむ者もない。役場そのものが休日同然であった。

表の方から砂利をけるような靴音がきこえる。朝の掃除のまま開け放してある窓から、隊伍《たいご》を組んだ小学生たちの歩いて行くのが見える。白い花畠《はなばたけ》が突然出現したように、日の丸の小旗の波は、黒ずんだ風景を縦に截《き》って行く。みつめている眼が疲れてしまいそうな、長い長い列である。

列の最後に、小学校の校長の顔が見える。その校長と並んで行く体軀《たいく》のいい男を見て、柿見は眼を拭《ぬぐ》った。例の体育教師だった高橋である。二人は顔いっぱいに笑いながら、白い旗の列を追って行く。二度と見てはならぬものを目にした思いで、柿見はあわてて、視線を伏せた。

あの小旗は、大久保のFレーヨンからの寄附でまかなわれたと聞いている。日の丸を寄附しておけば、多少は農民の心証を良くしておけると思っているのだろうか。右から左からくり出される白い蜘蛛《くも》の糸で皇太子は巻き取られ、その白く渦巻く勢いに柿見ははじき飛ばされる。

役場の奥からは、モーニングに正装した肥田を囲み、にぎやかな笑い声がきこえてくる。「いたい！」と大げさな肥田の声。絆創膏《ばんそうこう》を取りかえているのだ。森のオートバイとの衝突で切った傷が化膿《かのう》して治らず、まだ絆創膏を十字に当てている。

「礼装用の絆創膏はないかなあ」

肥田は大きな声を出した。冗談とも本気ともつかないが、上機嫌なことに変りはない。

「そう言えば、絆創膏にも礼装用が要りますなあ」

庶務課長が高い声をつくって、言い直す。

柿見の眼の下には、新聞がひろげてある。一面、八面、さらに七面と、ほとんどめくる頁ごとに、三段抜き四段抜きで皇太子に関する記事が現われる。「皇太子殿下」「皇太子さま」という見出しの大活字が、眼に突きあたる。工場視察中の大写しの写真は、前にも後にも盛り上った黒い人の垣である。小雨の降る岸壁で傘をさした写真もあった。写真のすぐ横の記事の中には「雨中、御自分で傘をさしてお歩きになった」とある。張りつめた柿見の記憶にこたえるものは何もない。敬語と形容句の多い、いかにも人工的な文章である。柿見の抱いていた親愛感は、幾倍、幾十倍にうすめられ拡散されて、とりとめもなくふやけてしまった感じである。大久保は、いまは親愛感プラス権威の時期だと言っていた。こうして仰々しく拡大することが、皇太子を権威づけることになるのだろうか——。

柿見は、ふと思いついて前夜の火事の記事をさがした。八面地方欄の下の方に、小さく五行だけ出ている。「容疑者肥田善次郎については、一応、身柄不拘束のまま取調中」と遠慮したように書かれていた。

新聞に顔を埋《うず》めるようにしていた柿見は、名を呼ばれているのに気がつかなかった。突然、肩をつかまれて、椅子から飛び上った。眼の前に光を遮って、肥田が立っていた。朝日を受けたモーニングの縁が、金糸で縫いとりしたようにまぶしい。肩をつかんでいた大きな手に、柿見は眼をすえる。入隊列車の中で柿見をゆすぶった手。久しぶりに、肩のうずきを感じた。種村のこと、善楽寺のことがフィルムを巻き戻すように頭をかすめて行く。

肥田は、絆創膏も剝がれんばかりに笑っていた。額の太い皺《しわ》までが笑っているようである。警戒しながらも、その笑顔につい釣りこまれそうになった。

「おぬしは役場でいちばん発音がきれえじゃから、一つ廻《まわ》ってくれんかのう」

顎《あご》で表をさす。屋根にスピーカーをつけた中古ダットサンの影が映っている。その影に鋭い眼を投げながら、

「何を言うんですか」

わかっていることなのだが、声をかたくして訊き返した。K大への威圧的な音量で君が代を流してきた宣伝車。瀟洒《しょうしゃ》なワゴンと中古ダットサンの違いはあるが、今度は自分があの宣伝車に乗りこまされるのか――。机のかげで、足もとが小刻みにふるえた。

「わかってるじゃろうが……」

肥田は顔をしかめながら、それでも声は明るく、

「皇太子殿下が間もなくG駅にお着きになります。皆さん、早く奉迎にお出かけ下さい、と言うんじゃ」

「それになあ」庶務課長がせきこんでつけ足そうとする。町長が功労者として拝謁を

許されます、とでもつけ加えよと言うのであろう。

「いや、それはまあええ」

肥田が照れくさそうに課長をとどめる。

「それに、何ですか」

柿見は課長に開き直った。

肥田の顔色をうかがって、課長はうすい唇をふるわせている。

「ぼくから言いましょうか」

昂《たか》ぶろうとする声を抑えて、柿見は自分の推測を口に出した。

「わかってたら、言ってくれりゃいいんだ……」

ねじれた声を出す課長に、柿見は、

「それは、ほんとうなんですか」

鋭い声で訊《き》いた。はしゃいでいた役場内の空気が目に見えてちぢまる。

「ほんとうだよ」

課長はあえぐように答える。

「公文書でも来てるんですか」

柿見はたたみこんだ。

「おぬしの知ったことじゃない。おぬしは、さっきわしの言ったことを放送して廻っ

てくれりゃいいんだ」肥田がはげしい声を浴びせた。そう言ってから語勢をゆるめ、

「廻ってくれるのう」

「おことわりします。ぼくはいやです」

おぬしはまた、きさま、肥田と課長の声が重なって柿見の上に落ちた。

「なぜ、いやだ？」

いきり立つ課長を押さえ、肥田は役場中にひびく声で、

「わかっとるわい。おぬしは西の共謀者じゃ。アカなんじゃ。……アカは役場に置けん。戦死者の遺族と思って辛抱しとったが、もうがまんならん。今日かぎり罷《や》めてもらう。今日かぎりで馘首《くび》じゃ」

柿見は椅子に腰を落した。西には肥田と共謀者と言われ、肥田には西と共謀者と言われる。腹立ちや悲しみよりも、ふしぎにおかしかった。ふっ、ふっ、と声を漏らして笑い出しそうである。そうなることが以前からわかっていたような気がする。生活の心配より先に、これで肥田とは別れるんだという実感が身にしみてくる。肥田という大きな固体が、勝手に柿見の体をくぼませていた——いま、それが抜け落ちた感じである。実に勝手な男だったと、吏員《りいん》たちの背に囲まれた肥田の大きな後姿を見直す。

役場の中で机に残っているのは、柿見一人だった。柿見の代りに、門歯の大きな女事務員が宣伝車に乗りこむことになったようで、女を横に置いたまま、課長が鉛筆を

走らせている。メモしたものをそのまま読ませようというのであろう。

女を乗せるとダットサンはすぐ走り出した。その影を追うようにして、大型のシボレーが滑りこんでくる。力が抜けてしまったような柿見の背後を、靴音を立てて肥田の一行が出て行く。吏員たちもその後を追って、飛び立つように出て行った。少しでも柿見といっしょに残ってはおれぬと言う様子である。

不安と悔いとが交々《こもごも》湧いてきたのは、役場に人影がなくなってからであった。これから先、どうして暮して行くか。役場に口を見つけるまでの苦労があらためて思い返されてきた。あのときはまだ、わずかでも水田の補償金があった。町長肥田ににらまれれば、G町での就職も難しいかも知れぬ。前夜笑ったばかりの西を追って、この町から出て行かねばならぬのか。森の言っていた花嫁学校のことが、心の隅に浮かんだ。無理に思い浮かべた形である。それとて、いつのことか当てになるものではない。

毎夜仏壇の前に呆《ほう》けたように坐《すわ》りこんでいる母の姿。心臓が悪いのに、前日も鉄道沿線の草とりに出かけて行った。柿見はとめておいたのだが、その朝も出かけているかも知れぬ。皇太子歓迎のためというより、近所づき合いが悪くなるからと、まともに思いつめている。町を出るにしても、あの母を抱えては、と気が重くなるばかりである。

一時のことだ、口と舌とを録音盤に代えて意志もなく伝えて歩けばよかった。なぜ、眼をつむって肥田に従っておかなかったかと、新しい悔いが萌《きざ》してくる。あれが衝動的ということだろうか。遠く、近く、あたり一面からスピーカーの声が湧き上ってくる。その中には柿見自身の声もあった。

悔いを巻き返す声も起る。あのとき、柿見は衝動ではなく、全身で反撥《はんぱつ》したのだ。一時でも肥田の汚れた手の一部になることは、生きてきた意味を、大義の記憶を、自らこわしてしまうことだ。生きてはこなかったと、自分をばかにすることだ。それよりは、たとえどれほど暮しにくい世が開けてこようとも……。

名を呼ばれていた。顔を上げる。焦点を失った像の中に、森の像が浮き上った。表にはオートバイの影もある。森は、柿見の放心ぶりを見咎《とが》めるように、きびしい顔つきで、

「家へ帰れ。きみのおふくろが気分が悪くなって、家へ抱えこまれたそうだ」

柿見は反射的に立ち上ったが、すぐまた腰を落し、

「ばか、ばかなおふくろだ。……あれほど行くなと言っておいたのに」

「責めるなよ。近所がみんな行っていれば、行かずにはなるまい。……叔母《おば》のようになれば別だが」

「さめさんは今日も鐘を撞《つ》くだろうか」

「撞くだろうなあ」

柿見は頭を抱えこんだ。蒼《あお》くむくんだ母親の顔、ふるえている血の気のない唇がしきりにちらつく。発作はもう静まっているだろう。だが、発作を重ねるごとに生命を削って行くのだと医者に言われている。皇太子のための草とりになぜおふくろは——と、髪をつかんでゆすぶりたいほど口惜《くや》しい。善楽寺の暗い森、指を落したさめのけわしい顔が、その母親の像に蔽《おお》いかぶさってくる。

森は煙草に火をつけ、空になった役場を見廻しながら、

「車で送ってやるよ。どうせ、おれのところも今日は休業だ」

「どうして？」

森まで皇太子にと、柿見はせきこんで問い返す。

「すっかり手《て》筈《はず》が狂っちまった。今日はM村でコンクリートの基礎打ちをする予定だった。ところが、砂を積んだオート三輪を通さないんだ。皇太子が通るまでは、通行止めだと言う。砂がこぼれでもすると、道が汚れるそうだ……。情ない国だ。未開の土人国以下。いや、土人の酋長《しゅうちょう》だって気はずかしくって、あんなことはすまい」

言葉を切った森に、柿見は突っかかるように、

「皇太子が気の毒だ。酋長以下に思われて」

「まだそんなことを言っている。そう思わせるものが悪いんだ。……だが、おれはもう親愛感など信じない。親愛感を拒否しなくては何もはじまらないという気がする」

柿見は、自分で言い返した意味がわからなかった。ただ耳もとが鳴っている。

森は、醒《さ》め切っていないような柿見の顔に気づくと、

「役場も今日は仕事など手につかないんだろう」

「そう。もう、ぼくは仕事をしなくていいんだ。……馘首になった」

柿見は他人の身に起ったことのように説明した。森はまるい顔を受付台にのせ、

「肥田の下では永続きするとは思っていなかったが……。それにしても」

「ぼくの気持としてはとても」

「そうだろう。……しかし」

言葉を濁す森に、柿見はすがりつくように、

「花嫁学校の方はどうかなあ」

溺《おぼ》れる者の藁《わら》か、と心は半ばあきらめにかかる。

「いますぐでは困ったなあ。だが」森は明るい表情に戻った。「これも一つのきっかけだ。いそごう。……ただし、校長になったら衝動的では困るよ」

「わかった。気をつける」

かたい声で言う柿見の肩に、森は手を当てると、

「処世としては、大久保さんのようなのがいちばんりこうだな。だが、おれたちのような抜けがらは、ときどき処世など考えるのがわずらわしくも、不似合いにも思えて

くる」

静かな声であった。遠い国道を行く人の動きが陽炎《かげろう》のようにゆれている。

「大義の末は、衝動的な抜けがらだ。生きていたあとを示すように、ぴくっ、ぴくっ、とふるえる。ただそれだけだ……。おれはきみの様子を見ていて、いつもそう思う。おれだって大勢の弟妹さえなければ……」

柿見は森の顔をみつめた。眼と眼が合う。死んだ種村に似た眼の光である。二人はそのまま見合っていた。

やがて森は、あたたかく融《と》け合った視線を外し、

「さあ、柿見校長先生、元気を出すんだ。……家へ帰れよ」

気持を引き立てるように言う。

「先へ帰ってくれ。後を片づけて帰るから」

母の臥《ふ》す暗くじめついた家へ、そのまま帰る気にはなれなかった。みじめな気持をまだ扱いかねている。

オートバイの爆音が出て行くのと入れちがいに、宣伝車のスピーカーの音がきこえてきた。女事務員が課長のメモをそのまま読んでいるのであろう。

柿見は呼吸をつめた。大きな門歯に遮られる特徴のある発音。金属性の高い声が近づいてくる。

「皇太子殿下がまもなくＧ駅にお着きになります。みなさん、早く奉迎にお出かけ下さあい」

いまいましさを抑えて、柿見は椅子に背をあずける。聞き馴《な》れた言葉のように、スピーカーの声はそのまま柿見の頭を吹き抜けて行きそうであった。

だが、それに続く言葉で柿見は椅子からはじかれた。

「なお、駅頭で肥田町長が地方自治功労者として拝謁を許されます。みなさん、おいそぎ下さあい」

柿見は表に走り出た。

何が地方自治功労者なのか、鉛筆を走らせていた庶務課長の姿。憤りで視野が赤く染まる。水田を詐取し、リベートをとり、弟の嫁を奪い、西を追い出し、善楽寺への放火を企て……。二回にわたる草とりも肥田の指図である。肥田の汚れた手は、Ｇ町を内からも外からも締めつけている。そうした肥田の大きな手が、いまは皇太子を遮ろうとしている。あの汚してはならぬ少年像を——。

ダットサンは塗りのはげた車体を秋の陽にはずかしそうに浮かせながら、ゆっくり眼の前を走り過ぎて行く。柿見は血走った眼で路上に小石をさがした。

「皇太子殿下がまもなく……」

女の高い声が、屈んだ柿見を笑うようにひびいてくる。柿見は前のめりに駈《か》け出した。秋風が二本の義歯を冷たく洗い過ぎる。

「……肥田町長が地方自治功労者として……」

スピーカーはまた叫んでいる。

「やめろ！」

柿見は声を張り上げた。スピーカーの声が笑う。走りながら石をさがした。

ダットサンは、柿見の追う姿に気づいたのか、スピードを上げ、急に小さくなって行く。

「やめろ、やめるんだ！」

声をふりしぼって叫ぶ。

車を追う中に、柿見の足は駅に向っていた。「皇太子の前で肥田を殴ってやれ」――強い皮肉をこめた森の声に、いま柿見は引きこまれて行きそうである。できることではない。だが、もし殴れるものなら……。

皇太子到着の時刻は迫っており、ほとんど人の姿もない行手の道に、一つの影が右、左と大きくゆれながら歩いて行く。靴音だけが大きい。柿見の足は、すぐその後姿に追いついた。肥田善次郎であった。怒ったような、ひどく真剣な顔つきで歩いている。秋の陽をまともに受けたその顔は、皮膚はたるみ、褐色のしみで汚れている。くぼんだ左瞼《まぶた》の上には、まだ煤《すす》が黒く残っていた。

善次郎はふくらんだ右眼で柿見を見た。おびえた眼つきである。

「あ、あの、昼から兄が連れてってくれると」

何度も呼吸をつぎながら言う。柿見は驚いて足をとめた。

「何ですか、善次郎さん」

「皇太子さまを拝んだ後で、兄が警察へ連れてってやると」

追ってきた柿見を、警察関係者ととりちがえているようだった。

「警察へ行くんですか。……肥田町長に言いつけられてやったんでしょう。善次郎さんは町長に言いつけられて」

柿見は一語一語区切って言った。善次郎はほっとした表情になったが、二、三度唇をふるわせただけで、柿見の問いには答えなかった。歪《ゆが》んだ唇を嚙《か》む歯が、牙《きば》のようにちらついて見えた。

柿見を避けるように身をそむけると、善次郎は洋服の汚れた袖《そで》で汗を拭《ぬぐ》った。額から顎《あご》の下まで、一面に黒い水玉が光っている。

善次郎を迎え入れようとしている政子の計画、それを潰《つぶ》した肥田の計略――そのことに、少しも気づいてはいないのだろうか。

善次郎を見返して、柿見ははじめて靴の変っているのに気づいた。汚れたズック靴ではない。型の古い大きな革靴をはいているのだ。その靴のおかげで、いっそう歩くのに手間どっているのだろう。

「今日は革靴ですね。……公式の革靴なんですね」

柿見の声に、善次郎ははずかしそうに笑った。

「うん、今日は公式だから」

答える口の端から、涎《よだれ》が透明な水飴《みずあめ》となって一筋、国防色の上着に垂れた。

柿見はそれ以上善次郎を正視していることが苦しくなった。この様子では、皇太子の到着時刻に間に合う筈《はず》はないと思いながらも、

「駅はもうすぐです。気をつけて下さい」

いたわるように言うと、後も見ずに歩き出した。子供が悪戯《いたずら》で地面をたたいているような不揃いな靴音が、しばらく背後から聞えていた。

善次郎との出会いで遅れた時間をとり戻そうと、柿見は小道を伝って、用水縁の堤の道に出た。善楽寺の丘が正面に暗緑色に盛り上っている。

行手の国道に出た宣伝車は、音量を増したのか、ふたたび高いスピーカーの声をひびかせてくる。皇太子殿下、肥田町長、皇太子殿下、肥田町長、皇太子殿下、肥田……。……皇太子殿下、皇太子殿下。噴き立つ声を底から湧き返すように、別の声がきこえてきた。セガレ、セガレ……。そうだ、「セガレ」なんだ。「セガレ！」と叫ぶのだ。県庁の廊下でうろたえた大久保の顔。「セガレ！」と叫ぼう。皇太子の前で拝謁

めかして頭を下げる肥田めがけ、「セガレ！」と叫ぶのだ。禿《は》げ上った肥田の顔が、真赤に狼狽《ろうばい》するさまが眼に浮かぶ。これ以上に効果的な復讐《ふくしゅう》はない。いや、ただの復讐だけではない。そう叫んで、あのH高時代と変らぬ皇太子の像をとり戻すのだ。「皇太子殿下」や「皇太子さま」と見知らぬ手で遠くへ運び去られようとする皇太子を必死につなぎとめたい。そのための叫びが「セガレ！」なんだ。乱暴にそう叫ぶことは、柿見の場合、親愛感を拒否することではない。むしろ親愛感をとり戻そうとする足掻《あが》きの声でもあるのだ。

柿見の心は、急に質量をなくしたように軽くなった。用水の流れがその心をすすいで行く。水音は、セガレ、セガレ、と口ずさんでいるようにもきこえた。渦を巻いて流れる水面をにらみながら、柿見は大股《おおまた》に歩いて行く。母の臥《ふし》ている柿見の家も、肥田に詐取された水田も、転覆した橋も、すでに視野から消えている。

二メートルほど先から、緑青色の蛇が飛び出した。柿見の荒い靴音にあわてて姿を消そうとし、用水に落ちた。ゆれる一本の紐《ひも》となり、流れをのり切ろうと鎌首を立てる。だが、すぐ流されはじめた。長い白い腹を二度三度見せて、水のうねりの中に見えなくなる。

国道に出た。宣伝車は駅に近い家並みに消えていた。ふり返ると、遠くに善次郎の黒い影が見える。影は右、左と肩を振って踊るばかりで、一向に進んでこない。

眼の前の善楽寺の丘は静まり返っていた。町の空気から、そこだけが浮島のように離れている。本堂や鐘楼のあざやかな破風の屋根をかばうように、杉木立は暗い緑の鉾先《ほこさき》を空に向って揃える。秋の陽にあたためられ宣伝車にかき乱された空気も、はじき返されてくる。丘をつつむ冷え切った風の固さ。それは一つの城であった。隅から隅まで肥田の息に濡《ぬ》れたG町を、昼も夜も、そして今日この時刻にも冷たく見下している。種村の霊、自殺した小島の霊、数多い霊をのんで、木立はゆらごうともしない。さめやひろみまでが、霊に変ってしまったように思える。爪の割れたひろみの拇指。切り落されたさめの小指。

見上げると、鐘が今にも鳴り出しそうであった。復員の朝、柿見を驚かした鐘、牛が走り出し、肥田が引きずられた……。木盃《もくはい》伝達式場に炸裂《さくれつ》するように鳴りひびいた鐘。いつまでも十九の歳を告げる鐘。――鐘の鳴り出すのを恐れるように、柿見は身をよじって歩き出した。

数歩歩き、善楽寺の森をもう一度見返す。種村も小島も見てくれ。おれのすることは、まちがっているだろうか。きみたちだって生きていたら、きっとこのように……。それとも、きみたちは、こうしたおれをあわれんでくれているのか。

交通制限でもしているのか車の通らぬ国道には、復員の朝のあの無限に続く休暇の感覚がそのまま残っていた。あの朝から今日の日まで、何事も起らなかったかのように、国道は静かに眠っている。だが、歩いて行く柿見も肥田も町も、恐しいほど変ってしまった。変らないのは、十九の鐘の音だけなのだ。

柿見は鐘の音を予感し、追われるように駈け出した。セガレ、セガレと口ずさむ。家並が近づいてきた。駅をめぐる町のざわめきがきこえ出す。無数の雛鳥《ひなどり》を集めたような声、その声の渦の中で、宣伝車がまたスピーカーを鳴らしていた。

柿見は時計を見た。皇太子到着の十時わずか前である。血がはげしく噴き上ってくる。

「セガレ」「セガレ！」と叫ぶんだ。そう叫んで、皇太子の前にうごめくものをたたき潰すのだ。

少し下りになった道を、身をまるめて駈け下りて行く。体は熱だけの存在になったように熱い。膝《ひざ》がふるえ、腰から下の感覚がなくなる。頭から先に宙を切るようにして、下り勾配《こうばい》を駈ける。

大戸を下したままの店、あけひろげた店にも、ほとんど人影はない。家並の後から、どよめきがきこえる。宣伝車は、まだスピーカーを鳴らしている。「セガレ！」咽喉《のど》の奥で叫びながら走る。その結果がどうなるか、わかっていた。花嫁学校教師の口もだめになろう。すぐ近くまで迫っていたひろみの顔が、遠ざかって行く。G町でのすべてが終りになるのだ。

「衝動的になるな」と念を押した森の声。だが、その言葉を押し出すように、同じ森の声が続いてくる。「大義の末は衝動的な抜けがらだ。生きていたあとを示すように、ぴくっ、ぴくっ、とふるえる。ただ、それだけだ」

柿見は走りながら、唇を噛む。おれのしようとしていることは、ただそれだけではない。抜けがらがふるえるだけではない。ふるえることで、何かがこわされるのだ。柿見と皇太子の間につまっていた乾いた泥土に、まっすぐ、ひびが走るであろう。……

……少くとも、柿見自身はこわれる。

駅舎が見えた。

くすんだ建物が白い花で埋まったように、小旗を持った無数の触手につつみこまれている。幾重となく重ったその人垣の背に、柿見は体ごと突き当るような勢で駈《か》けこんで行った。

おまえは、つまらぬことで人生をすり減らして行くんだ——なお追いすがる森の声に耳をふさぐようにして、人混みの中へ突き進んで行く。頭は鳴り、眼の前はただ白一色にゆれている。

柿見の体をはじき上げるように歓声が起り、小旗の幕が舞い立った。

S山系の小さな支脈のトンネルから、勢よく宮廷列車が飛び出てきた。

吹雪が迷いこんできたように、視野いっぱいが白くゆれる。舞い狂う旗の中に、列車は呼吸をつめてとまった。「万歳」の声がいっせいに湧き上る。その人の波を、力ずくでかき分け、柿見はなお前へと進み出た。

ホームに整列する人影。その端にモーニング姿の肥田が立っていた。花吹雪の中で、人の顔らしいものを柿見ははじめてとらえたのだ。

「万歳」の声が、柿見を倒さんばかりに起る。三輛《りよう》目、澄んだ小豆《あずき》色の車から皇太子が降り立った。見ちがえるほどの上背、だが、その顔にはあのときの見憶《みおぼ》えが……。

黒い一団の人影に従われ、皇太子は洗われたホームの上をM村口の方へと歩いて行く。その姿を追って小旗の波はゆれ、「万歳」の叫びが重なる。

柿見は大きく呼吸を吸った。ホーム上に整列した人垣が頭《こうべ》を垂れる。その瞬間、口も腹も裂けんばかりの声で叫んだ。

「セガレ！」

しばらく眼が開けない。まわりの歓声が退《ひ》いた。瞼《まぶた》を開くと、見知らぬ無数の顔、無数の眼にとり巻かれていた。責める眼、いきり立つ眼、途惑う眼……。口々に叫び出し、手ものびてくる。

柿見は呼吸をはずませた。倒れそうな体を持ちこたえて、ホームを見る。眼はかすみ、ただ白い波のゆれを映すばかりである。

だが、「万歳」の声はなお続いていた。

柿見は両腕で頭をかばい、もう一度叫ぼうとした。

そのとき、轟然《ごうぜん》と鐘が鳴りひびいた。歓声も触手も、打ち倒されたように、一瞬、動きを止めた。静まった白い波の上を、余韻はいく度もゆり返してひびいて行く。

続いて二つ目の鐘が、くすんだ駅舎をゆすぶって鳴り渡る。はね返る風圧に、鼓膜がふるえる。群衆は善楽寺の鐘と気づいた。表情を立て直し、「万歳」を叫ぶ。鐘の音を巻き返すような荒々しい声、ちぎれ飛ぶ小旗。鶏舎に踏みこんだように、視野には白いものが舞うばかりである。

鐘はまた鳴った。

せき立てられるように、小学生が君が代を歌い出す。乱れる「万歳」の声、君が代は、しだいに高く大きくひろがって行く。

その上に、梵鐘《ぼんしょう》の音が、また、重く炸裂する。駅の内外は、ただ騒然とゆれる音の渦に変った。歌う者も叫ぶ者も、もはや、自分の口の動きなど信じていないようであった。

柿見は肩をつかまれた。種村と激突したあの右肩を。眼がかすんでくる。

歓声の渦と戦い十九の鐘が猛々《たけだけ》しく鳴り渡る中で、柿見の口はなお「セガレ」「セガレ」とつぶやいていた。

軍艦旗はためく丘に

一

読経《どきょう》の声が流れていた。

汐騒《しおざい》の音は消え、風に軍艦旗がはためいている。

緑の芝生の中に、四列に行儀よく並んだ八十二のま新しい墓石。墓地正面の彰忠碑《しょうちゅうひ》だけに、まだ白い布がかぶせてある。

墓に近く遺族席や来賓席。その中央に、墓碑建設会の会長であるS電機の深江《ふかえ》社長が立っている。九十キロを越す巨軀《きょく》をモーニングにきっちり包み、うなだれている。ときどき白いハンケチをとり出して、額をおさえ、顔を拭《ぬぐ》う。深江は、ビッグ・スリーに数えられる大電機メーカーの社長。豪放な性格で、趣味はブルドーザーというほど。何十万坪という山を切りくずし、海を埋めるなどということを、平気でやってのける。

その深江が、いつもとはまるで別の姿でそこに立っていた。子を失《な》くした悲しみにひしがれる一父親の姿である。

だが、深江自身は子供や縁戚《えんせき》をそこに埋めたわけではなかった。その土地出身の彼は、死者たちの話に心を打たれ、自ら中心となって墓地建設に当った。

死者たちの話はそれほどまでにいたましく、また、彼をふくめて土地の人の心はそれほどまでにあたたかかった。

そうした土地の人々への感謝の思いをこめて、千草《ちぐさ》がつぶやいた。

「淡路《あわじ》はいいなあ。やさしくて、豊かで、おだやかで……。心が安まる」

「いや、ここへ来ると、心がひきしまるぞ」

春日井《かすがい》がこたえる。東京から来た二人は、〈同期生席〉の中に立っていた。

墓地のある丘の高みからは、機帆船《きはんせん》や釣舟が浮かぶ海が光ってみえた。緑の濃い丘の麓《ふもと》には、和牛がねそべり、白壁の土蔵も見える。

「こんな島の沖合いで、あの悲劇があったとは思えない。この島に似合わぬ悲劇だったな」

「いつの世にも似合わぬ悲劇さ。救助に当った島の人たちは、軍服を着た連中を拾い上げてみて、びっくりしたというんだ。なあんだ、兵隊さんは坊やじゃないかって」

千草は近くの墓碑に眼をやった。

「最年少の雪谷孝《ゆきやたかし》、海軍上等飛行兵、享年十四歳……」

「おれたちは、もう、あいつの人生の三倍近くも、むざむざと生きてしまった」

「いや、あいつたちこそ、稚《おさな》いのにむざむざと……」

千草は、銀座でフランス料理のレストランをやっており、春日井は神田《かんだ》で家具の卸《おろし》商をやっている。それぞれに二児の父、そして、まもなくその子らが、あのときの彼等の年齢になる——。

軍艦旗ははためき、線香の煙が流れてくる。

読経の声が止《や》んだ。

司会者が、その墓碑群全体を代表する彰忠碑の除幕を告げる。

スタイルのよい若い女性が進み出て、幕をひき落した。ふっくらした頰、一重瞼《ひとえまぶた》の眼。

「室兵曹の娘か」

春日井と千草は、うなずき合い、女性の顔をしげしげと見た。

「兵曹が死んで十日目に生れたのだそうだ」

ふしぎな気がした。ひどい神の悪戯《いたずら》にも思えた。

千草は、風の中に精悍《せいかん》な室兵曹の顔を思い浮かべた。

骨太の大きな体、厚い胸板。頰がはり、がんじょうそのものの顎《あご》。落ちくぼんだ鋭い眼。

たくましく、きびしく、海軍精神のかたまりそのものであった兵曹。あの兵曹が世を去ったあとに、こんなふくよかな娘が生れてきたのか。

ついに娘を見ることのなかった若い父、永遠に父を知ることのない娘……。

地元の人たちによって、色とりどりの生花が供えられる。碑の前に配してあったぼんぼりに灯が入る。

墓地は一瞬はなやいだ空気になったが、そのはなやかさに色を添えるように、宝塚《たからづか》少女歌劇団十人が入場した。

彼女たちの制服というのだろうか、暗い小豆色《あずきいろ》の和服に袴姿《はかますがた》。手に手に持った白菊を碑の前に捧《ささ》げてから、花々より白く美しい顔をそろえて立つ。

一人がアコーデオンをひいた。

海行かば、水漬《みづ》く屍《かばね》……

鎮魂《ちんこん》のしらべが、静かに流れる。

もともとは重苦しい歌なのだが、彼女たちの咽喉《のど》から出ると、やさしく、ときに、あでやかでさえある。

参列者たちは声をのみ、瞼をおさえる遺族もある。

ただ墓地のはずれに立てられた軍艦旗だけが、死者たちの答の声のように、はたはたと音を立てていた。

次の曲は、若鷲《わかわし》の歌。

若い血《ち》汐《しお》の予科練の
七つボタンは桜に錨《いかり》……

歌詞もメロディもまちがいないのだが、あまく軽やかに、天女の合唱ともいえるものであった。

にがい思いが、千草の胸にひろがってくる。

宝塚海軍航空隊――。おれたちは、天女の園に住んだ。天女の居ない天女の園に。

そこで、地獄の生活がはじまった。

母親の声ともまごう天女の歌を、ときに、聞きたくも思ったのだが。

「軍歌もいいが、別の歌もうたってくれないかな」

千草がつぶやくのを、春日井が聞きとがめた。

「別の歌？」

「そう、やさしい子守唄《うた》のような……」

そこまで言って、はっと思い出し、

「『お山の杉の子』がいいな」

「なんだ、それは……」

「むかし、むかしのそのむかし……」

千草は低く短く口ずさんでから、

「隊を発《た》つ前、彼女たちが来て、うたってくれたんですよ。……この歌を聞いて、涙が出ました」

「そんなことで、ほろりとするなんて……。もっとも、子供だったから仕方がない。おまえたちが入ってきたとき、えらい子供みたいなのが来たと、おれたちはたまげたものな。とにかく、かわいそうだったよ。夜、おまえたちの分隊の傍《そば》を通ると、しくしくと泣く声がする。家が恋しくて泣いている……」

「うそですよ」

「そういううわさだった」

「うわさだけです。泣くものですか」

少女歌劇の合唱は終り、遺族の焼香がはじまった。

足もとから汽笛が聞えた。

阿那賀《あなが》港から四国へのフェリーボートが出帆する。洲本《すもと》から〝うずしおライン〟という高速道路で山越えして阿那賀へ。そこから四国へというのが、新しい関西―四国間の最短ルートである。少年兵たち八十二人が戦死したのもそのルート沿いの海であった。

港をまもるように小高くそびえている岬。いま墓地のあるその岬は、鎧崎《よろいざき》の名で呼ばれる。

屋島《やしま》の戦いで敗れた平家《へいけ》の落武者たちがそこにたどりつき、悲運に泣いて鎧《よろい》の袖《そで》をしぼったところという。

悲しみはくり返された。悲運の土地というものが存在するのだ。

風のかげんか、汐《しお》がにおった。

焼香を終った遺族たちが戻ってくる。〈同期生席〉に向かってくるその顔のひとつひとつが、

「あなたたちは生き残れて……」

と、物問いたげに見えた。

千草は思わず春日井の蔭《かげ》にかくれた。

「どうしたんだ」

「遺族と顔を合わすのがつらい」

「それは、おれだって」

だが、そう言っている隙《すき》に、すっかり白髪《しらが》になった小柄な老婆が近づいてきた。

千草は、観念したように進み出た。

「雪谷のお母さん、お元気ですか」

「あ、あなた、孝といっしょの……」

老婆は、千草の頭の頂から足の先までを見た。息子が生きていたら、いまこんな風にと思いめぐらしている顔であった。

その眼の動きが、針で刺して廻《まわ》るように痛かった。

「あなたもお元気そうで、何よりですねえ」

老婆は力のない声でつぶやいた。

「……はい」

千草は体を小さくする。

老婆はまたあの質問をするのではないか。忍術でも使って、ふっと消えてしまいたい。

一息つくと、老婆は思い出したように、やはり、その問いを口にした。

「あの子は、入隊の一週間ほど前から下痢してましたが、入隊してからどうでしたでしょうか」

「ええ、……元気でしたよ、とても」

それは、老婆が会う度にくり返す質問であった。

「そうですか。それはようございました。わたし、気がかりで気がかりで……」

老婆は眼を閉じ、何度もうなずいた。そして、そのままゆらぐようにして横へ歩いて行った。

春日井は、うすく口をあけたまま見送っていたが、

「あの人にとっては、息子の死がまだ昨日《きのう》か一昨日《おととい》のことのように思えるんだなあ」

「いや、ぼくにとっても……」

千草は眼を閉じた。

八十二の墓標が、かき消えて欲しい。あの事件が、嘘か幻であって欲しい。

軍艦旗のはためく音を、幻の鳥の羽ばたきに思いたかった。

二

厳重に灯火管制をした連絡船は、静かに夜の対馬《つしま》海峡を渡って行った。

昭和二十年六月はじめ。戦局は急迫していた。敵潜水艦が出没し、無事に内地へ着けるかどうか、不安であった。

千草や雪谷たち、予科練入隊者の大群は、船艙《せんそう》に閉じこめられていた。

十六期甲種飛行予科練習生として、それまであまり徴募の手ののびなかった満州《まんしゅう》・朝鮮・支那《しな》あたりから、一気にかき集めてきた人数である。出身地もさまざまなら、年齢も十四歳から十九歳までと幅があった。

人いきれで温度が上っている上に救命具をつけているので、船艙の中は蒸し風呂《ぶろ》のような暑苦しさであった。それが乗船以来十何時間も続いているので、気が狂いそうである。眠るように言われていたが、とても寝つけたものではなかった。

十六歳の千草の隣りに居たのが、雪谷であった。二つちがいだが、小柄なせいもあるのか、千草の眼にも、まるで小学校を卒《お》えたばかりの子供に見えた。

雪谷は、蒼《あお》い顔をし、しきりに脂汗を拭《ぬぐ》っていた。ハルピンを発つ前、お腹《なか》をこわしたということで、暑さと下痢で二重に参っていた。

ただ黙っているよりは、話していた方が、気をまぎらわすことができた。

「大連《だいれん》には、星ケ浦というとてもきれいな海水浴場があってね」

「ハルピンにもありますよ。海じゃなく、松花江《スンガリー》だけど。ロシヤ人が大きな体に水着をつけて、ごろごろしていて」

「ロシヤ人は大連にも居るよ」

そう言ってから、千草はまた暑さが気になり、

「暑くてどうしようもないな。満州じゃ夏だってそれほど暑いということはないからね」

「宝塚って、暑いところでしょうか」

「気候はいいんじゃないか。高級住宅や遊園地があるところだそうだから」

「少女歌劇で有名ですね」

二人は、暗い中で顔を見合った。そんなことを話題にし合っていい相手かどうか、とたしかめる。

「ぼくは姉に言われたんです。すごいところへ行くじゃないって。姉も予科練行きに

は反対だったけど、宝塚入隊ときまると、うらやましがって」

「少女歌劇とは関係がないのにな」

「でも、やっぱり宝塚ということが」

「きみは少女歌劇を見たことがあるのか」

雪谷は、照れながら頭をかいた。

「母も姉も好きでしたから。東京へ旅行したとき、二度ほど連れて行かれて」

「……実を言うと、ぼくも二回ほど見た。大連へ公演に来たときに。ぼくの場合は妹がファンで、護衛代りに連れて行かれてね」

「どうでした」

「……悪くはないな。なんだか、星だとか月とか花とか、夢のまた夢という感じだけど、女の子には受けると思った」

「男の観客はほとんど居ませんものね」

「……うん」

二人はまた眼と眼を見合った。何か犯罪でもわかち合ったような一種の後めたさと連帯感を感じた。

「宝塚でうたう歌をおぼえてますか」

「うん?」

「ほら、モンパリとか、菫《すみれ》の花咲くころとか」

「……聞いたことはあるな」

「甘いきれいな歌ですね。軍歌とはまるでちがうけど」

「砂糖菓子のような歌さ。……軍歌は、おにぎりのような歌だ」

「菓子といえば、カリン糖を食べますか」

雪谷は風呂敷《ふろしき》包をひき寄せた。

「出発の三日前、ちょうどバケツいっぱい砂糖が配給になったものですから、母たちがつくってくれたのです」

雪谷が差し出すのを、千草は手を振ってことわった。

「大事にとっておけよ」

「でも、入隊したら、どうせ、とり上げられてしまうでしょう。内地はもうおむすびの時代らしいから」

千草は、二つ三つつまんでみた。甘味も十分、よくできたカリン糖であった。

「干ぶどうもありますよ」

雪谷はまた出しにかかった。千草は苦笑した。

「まるで遠足じゃないか」

そうしたものを持たせて出した雪谷の母親の顔が見たかった。

宝塚へ観劇旅行へ行くのではない。二度と戻らぬかも知れぬ軍隊へ召されて行くのだ。

千草の笑いは、そこで消えた。

雪谷の母親にもそれはわかっていたのだろうが、母親には雪谷はやはり稚《おさな》い息子でしかなく、他に送り出しようもなかったのではなかろうか。

千草に母親の眼がうつってきた。

雪谷にも大いに戦果を上げてもらわねばならぬ。だが、生きて母親の許《もと》へ帰るべきなのだ。護国の鬼にするには、あまりにも稚《おさ》な過ぎる。

その意味では、雪谷の予科練行きは、人生の大きな遠足であっていい。

すすめられるままに、千草はカリン糖と干ぶどうをつまんで、夜を明かした。

次の日の夜あけ、雨の中を連絡船は潜水艦を避けるため、右に左にとジグザグに針路をとりながら、山口県の日本海岸にある仙崎《せんざき》へ入った。

救命具をはずし、上甲板に整列する。

はじめてのことではないが、内地は美しかった。

島や入江のたたずまい。緑は濃く、しっとりと梅雨に煙っていた。赤茶けた禿山《はげやま》と、やたらと広い曠野《こうや》だけの大陸から来ると、眼を洗われる思いがした。

「きれいだなあ」

並んで岸を見つめたまま、二人はうなずき合った。

志願してよかった、この祖国のために命をかけて戦うのだと、胸がふくらんだ。

仙崎から特別仕立ての軍用列車に乗った。二人はいちばん後尾の車輌《しゃりょう》であったが、乗ると同時に、雪谷が声をあげた。

「車掌は女ですよ。ぼくの姉さんぐらいだ」

ソバカスのある小さな顔をした女車掌は、戦闘帽をかぶり、紺の上着にモンペ姿。背中に鉄カブトを背負っていた。

軍事教練でも受けているようなかたい感じで、手を上げて、笛をふく。

汽車は、山陰路を走り出した。

軍用列車とわかるのか、蓑笠姿《みのかさすがた》で田んぼに居る人も、傘をさして踏切で待つ人も、手を振ってくれる。

「万歳！」という声が、列車の中までとびこんできた。

また胸が熱くなった。

「カリン糖を車掌にやろうと思うんだけど」

雪谷が言い出したのは、松江《まつえ》を過ぎたころであった。

カリン糖はすでに食べ飽きていたし、どうせ、あと一日で没収される運命である。

千草は反対しなかった。

ただし、雪谷は一人では持って行けないという。仕方なく千草がついて行ってやった。

車掌室で、女車掌はソバカスのある顔を上気させた。お礼を言った後、思いついたように手帳をとり出し、一頁破って鉛筆を走らせた。

「これ、わたしの住所です。宝塚へ着かれたら、お便り下さいね」

「うん……」

今度は、雪谷が顔を赤くした。

「宝塚はどんな風になってるかしら」

女車掌は窓の外に眼をやり、うっとりした顔でつぶやいた。

途中で車掌は男に代った。

車中で一夜が明け、軍用列車は京都を廻《まわ》って、早朝、大阪へ入った。

そこには、見渡す限り空襲の焼跡がひろがっていた。

千草たちは茫然《ぼうぜん》とし、声も出なかった。のどかな外地で思いえがいてきたのとは、別の祖国の姿が、そこに在った。

三

別の祖国は、宝塚にも待っていた。

宝塚海軍航空隊は、他ならぬ宝塚歌劇団の本拠に置かれていた。

宝塚ファンたちが開門を待ちわびたところには、いかめしい衛兵が立っている。

大劇場と、それに附属する建物すべてに、カーキー色の軍服が出入りしていた。大劇場には蔦《つた》が生い茂って、一部分、自然の迷彩になっていたが、さらにコールタールがまだらに塗られて、巨大なトーチカの様相を呈していた。

中へ入ると、ロビイを兼ねた広い廊下に、木の二段ベッドがずらりと並べられ、居住区になっていた。二階から上の観客席はいくつにも仕切られ、教室に当てられている。

すでに十四期予科練の四ヶ分隊を中心に、十三期予科練や、国民兵と呼ばれる老召集兵たちが入っており、劇場全体に男くさく荒涼《こうりょう》とした空気が漂っていた。女の園のあでやかなにおい、スターをとり巻く嬌声《きょうせい》など、偲《しの》ぶよすがもなかった。

千草と雪谷は、幸い同じ分隊に配属された。

居住区は三階。その窓の一か所に、貼札《はりふだ》が残っていた。

〈冷房中につき、窓を開けないで下さい〉

二人は思わずまわりを見廻した。

もちろん、冷房など入ってはいない。

冷房とはどんなものか、どういう仕掛けでどんな風になるのか。満州では、二人とも冷房を見たことはなかった。

「やっぱり大きな劇場は違うんですねえ」

雪谷が感心したように言ってから、声を落して訊《き》いた。

「歌劇の連中は、どこへ行ってしまったんでしょう」

女車掌のことが、頭に在《あ》るようであった。

そうしたのどかな会話ができたのは、ほんの一時間ほどの間であった。

整列がかかった。

先任下士官である室上等兵曹をはじめ、十人ほどの下士官が、ずらりと居並ぶ。

千草たちの前に立ったのは、十三期予科練という平沢二等飛行兵曹であった。千草より一年半早く入隊しているわけだが、歳は一つちがいの十七歳。

千草は親しみを感じたが、それはすぐにまちがいとわかった。平沢二飛曹は、ニキビの多い顔を歪《ゆが》め、うすく笑いながら言った。

「きさまら、海軍だましにあって、のこのこやってきやがって」

海軍だまし――はじめは海軍魂のことだと思ったが、平沢の顔を見ている中、「海軍騙《だま》し」の意味だとわかった。

入隊歓迎の挨拶《あいさつ》としては、ひど過ぎた。唖然《あぜん》としている練習生たちに、平沢二飛曹は太い眉《まゆ》をつり上げて言った。

「かくなる上は、存分にきさまらに海軍魂をたたきこむ。娑婆《しゃば》っ気《け》をたたき出してやる」

練習生たちは、小さくうなずいた。

「返事はどうなんだい！」

平沢は、どなりつけた。

その日の日課などについて、ひと通り注意してから、

「質問はないか」

雪谷が手をあげ、

「班長殿」

「班長殿とは何だ」

叱られて、雪谷はとまどった顔をした。

「……はい、班長さま」

平沢は、鼻を鳴らして笑った。

千草は耳を蔽《おお》いたくなった。雪谷はまるで子供である。海軍内部のことについて、何も知らぬ。

「ただの班長でいい」

「はい、班長」

気をとり直した雪谷に、平沢はたたみかけた。

「班長、班長と、百回言ってみろ」

雪谷は直立し、指を折りながら、唱えはじめた。

「班長、班長、班長、班長……」

「声が小さい！」

「はい、班長殿、いえ、班長。班長、班長、班長……」

「その指は何だ。指を折らずに数えろ」

「はい……しかし……。はい、班長。班長、班長、班長……」

まわりの練習生たちの眼を一身に受けて、雪谷は泣き顔になりながら続ける。

「何だ、悲しそうな顔をして。よし、止め」

「……はい」

雪谷は、ほっとした顔になったが、そこは学校ではなく、叱っているのは先生ではなかった。それだけで勘弁してくれない。

「きさまに元気をつけてやる」

言ったかと思うと、平沢はいきなり拳《こぶし》をまるめて、雪谷をなぐりつけた。かたい音がし、雪谷はよろめいた。続いて、逆からもう一発。

雪谷は、痛みとおどろきで眼をまるくし、息をあえがせている。

「どうだ、火花が出たか」

「はい、ほんとうに火花が……」

「よし、それで電気と元気がつく。さあ『班長……』のやり直し」

「はい、班長、班長、班長……」

練習生たちは静まり返った。何人かは、眼をそらせた。痛々しいというより、それがわが身にふりかかる日のことを考えていた。

夕食には、赤飯、それに鰯《いわし》の煮たのが二匹。

雪谷は、少し食べて、箸《はし》を動かすのをやめた。

横に居た黒宮《くろみや》という大阪から来た練習生がささやいた。

「残すのか」

「うん」

「おれにくれないか」

「これを？」

「残すなんて、もったいない」

そう言ったと思うと、黒宮はすばやく雪谷の食器から自分の食器へ飯を移しとった。

千草や鮎川《あゆかわ》などといった外地組が食事の進み方がおそいのに比べ、内地から集まった連中は、食うのが早かった。

「久しぶりで米ばかりの飯にありついた」

などと言う者も居て、外地組をおどろかせた。食糧事情も、外地と内地では天国と地獄ほどもちがっているようであった。

翌日からは、豆や麦、雑穀などのまじった少い飯、おかずも甘藷《いも》の葉などが出た。そして、十日と経たぬ中に、外地組もまた、慢性的な空腹に悩まされるようになった。

四

訓練はきびしかった。教員である下士官たちが若いだけに、容赦《ようしゃ》がなかった。演習場は五キロほど先に在るゴルフ場の跡。膝《ひざ》のあたりまでのびた芝は足にからみ、滑りやすかった。

そこまで駈《か》け足、そこでも駈け足、そこからも駈け足。先任下士官である室上等兵曹が先頭に立って走る。

室兵曹の厚い胸板は、まるで蒸気機関車の胴体のように見えた。

徒手訓練、射撃訓練、銃剣術、手旗信号……。

きびしい訓練に、さらに罰直《ばっちょく》がついて廻《まわ》る。

手旗信号のおぼえの悪い者が居る。新京《しんきょう》から来た鮎川などがそうだが、一人まちがえると、全員が罰直にあう。

「り」をえがいて両手を上に上げたところで、

「踵《かかと》を上げい！」

五分も経つと、体がふるえ出す。「電気風呂《ぶろ》」と称する罰直である。「風呂」から脱落すると、棍棒《バッター》が来る。

観客席を仕切った教室では、砲術・水雷・航海などの学課が行なわれた。

マイクを使って行なわれることもあり、どら声や汐《しお》につぶれた声が、がんがんこだまする。正面舞台にかかっている古びた大きな緞帳《どんちょう》だけが、わずかに宝塚の舞台であることを思い出させた。

暑くなるにつれ、つい居眠りが出る。これは黒宮などが常習犯であったが、見つかれば、また全員罰直を受ける。

机と机の間に立ち、両手を机について体を浮かせ、ペダルをこぐまねをやらされる。

「自転車」という名の苦しい罰直。やめれば、また棍棒《バッター》がとぶ。

航空隊というのに、ここにも飛行機のかげさえなかった。

一度、演習場のはずれで、十三期がグライダー訓練をやっているのを見たが、それは飛行機操縦のためでなく、グライダー型の特攻兵器の搭乗訓練と聞いた。

はげしい訓練のため忘れていたが、死は迫ってきていた。

いまは十三期の前面に。つづいて、十四期、十五期、そして十六期。若い壁をひとつずつ倒して近づいてくる死の足音を、たしかに聞く気がした。

十三期は、死に急いでいた。

「きさまらのお守《も》りをやらされるおかげで」

と、平沢が憎々しげにつぶやいたことがある。

同期が特攻編成に廻っているのに、自分は教員。おくれをとり、卑怯《ひきょう》未練のようで、やりきれない。その鬱憤《うっぷん》を、つい十六期にぶつけてくる。予科練でありながら、ついに飛行機へ乗れなかったことへの鬱憤もある。

「きさまら、飛行機に乗りたいだろう」

ある日、課業止めがあってから、平沢は居住区の中央に仁王立ちになって言った。

「おれも同じ予科練として、きさまらの気持はよくわかる。そこで、いまから飛行機に乗せてやる」

千草たちは顔を見合わせ、眼を輝かせた。どこかに隠してある飛行機でもあるのか。

「どうだ、乗りたいか」

平沢は念を押した。

「はい！」

練習生は声をそろえて答えた。

「よし、前支え」

平沢は、いきなり号令を掛けた。

変だなと感じたが、飛行機に乗せる前、罰直で鍛えておく気なのかと思った。

両手を地につき、やや尻《しり》を上げて、腕立伏せをする。

「そこで左手を上げる」

あっと言いながら、何人かが床に倒れた。そうした練習生を蹴《け》って廻りながら、平沢は言う。

「それが左旋回。今度は右手を上げて、右旋回」

片手では体重を支え切れない。重い音を立てて、あちらでもこちらでも、床に倒れる。平沢は棍棒《バッター》を持ってきて、撲《なぐ》って廻る。

一巡したところで、

「机の上に足を上げろ。角度は七十度。それが急降下だ」

練習生たちは真赤な顔になる。

「まだまだ。急降下は息が苦しいものだ」

棍棒《バッター》が何発か飛んでから、今度は壁に沿って逆立《さかだ》ちをやらされる。

「角度は九十度。宙返りの訓練である」

充血し、眼が見えなくなる。「直れ」の号令がかかっても、立ち上れない。

罰直は、汲《く》めども尽きぬ泉であった。帝国海軍の叡智《えいち》のすべてが、そこに結集されている感じがした。

平沢ら十三期がやられて来た通りのことを、いま後輩の十六期に伝えている。やられたことは、やられた通りに返す。十六期は、また次の十八期にでも返せばいい。それが海軍の伝統である。

ただ、千草たちがかなわないのは、教員である十三期が若過ぎることだ。手心を加えるということを知らない。いくら撲《なぐ》っても、疲れないし、息切れもしない。

ある夕方、教員室へ掃除に行っていた鮎川が、居住区に戻って伝えた。

「海軍では体罰は一切《いっさい》禁止しているそうだ。とくに、十六期は子供だから撲っちゃいかんと、厳命が出たらしい」

鮎川は、昂奮《こうふん》した口調で言った。満州国の裁判官の息子で、正義感の強い少年であった。

たしかに、それから二日ほど罰直はなかったが、三日目にはもう以前のままの状態となった。

入隊以来、面会も外出も一切許されなかった。

休日のわずかな時間、自由に行くことが許されるのは、劇場の先にひろがる遊園地構内だけ。

遊園地というより、遊園地跡と呼ぶべきであった。遊ぶべきものは、何もなかった。

おとぎの列車の走ったところは、レールはとり外され、枕木だけが残っていた。

日《ひ》蔭《かげ》になった築山《つきやま》のかげに寝そべり、青い空を眺めて過す。

ここが宝塚なのか、日本中の女の子が騒ぎ立ったあの土地なのか。

千草は耳をすましてみた。

　うるわしの思い出
　モンパリ、わがパリ……

知っている歌のかけらでも、どこかから聞えて来ないか。

おお宝塚　タカラヅカ
　あこがれの美の郷《さと》……

だが、もちろん、どこにもそうした歌の気配は残っていなかった。

「おお、宝塚か」

千草は吐き出すように言った。

横に寝そべっていた雪谷が、半身を起した。

「宝塚の女《ひと》たちは、どこへ行ったんでしょう」

同期なのに、二つ年下ということで、雪谷ははじめて会ったときの言葉づかいを改めない。そうしたところにも、雪谷の育ちのよさ、人のよさが出ていた。

「さあ、どこへ行ったか」

「わからないでしょうか」

相手にならずに居ると、

「あの車掌さんに報告してやらなくてはと思うんです。たのまれた以上」

「もう忘れているよ」

「いえ、きっと待ってると思うんです」

千草は雪谷の顔を見た。

女車掌への関心というより、女車掌を通して姉を想う心、それに約束を守ろうという気持が感じられた。

千草は、体を起した。

あの女車掌も、お国のためにがんばっている。その心を明るくしてやるのも、いいことかも知れぬ。

だが、スターたちの消息を誰に訊《たず》ねればよいのか。

千草は、あたりを見廻《まわ》した。

少し先のヒマラヤ杉の下に、二期上の十四期生が一人、寝ころんでいるのが見えた。

十四期は一年前に入隊している。宝塚の消息を知っているかも知れない。

千草は立ち上った。

「あの十四期生に訊《き》いてくる」

「ぼくも……」

「いや、きさまはここで待ってろ」

そうした問いを持って行けば、撲《なぐ》られる可能性があった。そのときは、自分一人で撲られようと思った。

心をきめて、まっすぐ大股《おおまた》に歩いて行き、挙手の礼をした。分隊名と官姓名を名のると、相手も、

「二十一分隊の春日井飛行兵長だが」

応《こた》えながら、首をかしげた。何か人ちがいではないか、という顔である。

「あの、妙なことをお訊きしますが」

「何だ」

「この宝塚に居た歌劇団は、どこへ行ったのでありますか」

相手の眼をけんめいににらんで言った。春日井は、じろりと千草をにらみ返した。

「そんなことが知りたいのか」

「はあ」

なぜかと訊かれ、続いて一発来るか。

だが、春日井はそれ以上は穿鑿《せんさく》しなかった。

「連中は、ここを明け渡して、被服廠《ひふくしょう》の衣料工場へ行ってるそうだ。針仕事で、大砲のカバーか何か縫わされているらしい」

それだけ聞けば、十分であった。挙手して戻ろうとすると、

「少女歌劇に関心があるのか」

「はあ、少し……」

千草はどぎまぎした。早く引き返したかったが、春日井は退屈していたのか、また話しかけてきた。

「彼女たちが居なくて、あてがはずれたか」

「とんでもない。決してそんなことはありません」

築山では雪谷が立ち上って、こちらの様子を気が気でないといった風に眺めている。

「休みでも楽しみがなくて、かわいそうだな」

「いえ……」

「無理するな。おれたちには、まだ外出する下宿がある。それに、おれたちが来たころには、この遊園地にもまだ象やアザラシが居た。いま居るのは、アヒルぐらいだからな。あのアヒルも、いまに食われてしまうだろう」

「はあ……」

春日井は千草に向き直った。

「どうだ、辛《つら》いか」

「いえ……」

「無理するな」

と、春日井はまた笑い、

「辛いのは最初の三ヵ月。もう少しの辛抱だな」

「三ヵ月過ぎれば、楽になるのでありますか」

「楽になるというより、体が馴《な》れてくる」

千草は、なあんだと思った。

春日井は、かつて室兵曹の部下だったと言った。

「きびしいかも知れんが、きさまたちを撲った後、そっと眼に涙をためているようなんだぞ」

千草は、信じられぬ気がした。室のことを鬼兵曹と呼んでいる仲間も居る。分隊によっては、眠ったような感じの先任下士も居たし、若い下士のとめ役ばかりに廻《まわ》っている先任下士もあった。

だが、千草の分隊では、ことがあると、先任下士である室兵曹が、率先して撲った。厚い胸板の力をこめてくり出される一撃は、強烈であった。このため、平沢たち若い下士官も遠慮なく撲ってくる。

「室兵曹は、珊瑚《さんご》海海戦以来の生き残りだ。本当の海軍を知っている人だ。ありがたい教官だと思わなくちゃいかんな」

「……はい」

春日井は、顎《あご》の先で雪谷を指してつけ加えた。

「あの子供にも、よく言っておくんだな」

次の日の夜、巡検が終って間もなく、平沢二飛曹が片手に手紙、片手に棍棒《バッター》を持って、居住区へやってきた。

黒宮練習生を呼び出す。

よく食べ、よく眠る黒宮は、よく罰直にもさらされたが、今度は、女から手紙が来た、不届きだから気合いを入れてやる、というのだ。

平沢は、練習生をまわりに集めると、居住区を仕切っている鴨居に、黒宮をぶら下らせた。

「桜肉というやつだ。よく見ておけ」

平沢は棍棒《バッター》をふるって、黒宮の尻《しり》をなぐりつけた。黒宮の体は、大きくゆれた。

落ちるとなぐりつけ、ぶら下らせては、また、なぐる。気を失っても、水をかけて、なぐる。

その夜、夜ふけてから、千草たちに「総員起し」がかかった。いたずらでよくやられるのだが、いつまで経っても「もとい！」がかからない。黒宮が脱走した、全員で草の根分けても探して来い、というのだ。各班ごとに別れ、はじめて隊の外へ出た。寝静まった街を、軍靴の音だけが右往左往する。防空壕《ぼうくうごう》の中をのぞき、マンホールの蓋《ふた》をあける。

その最中、雪谷が千草の身辺に寄ってきた。夜目に蒼白《そうはく》の顔をしていた。

「どうした」

「車掌さんへ手紙を出しました」

「それで？」

「返事が来たら、どうなるでしょう。……ぼく、そこまでは考えなかった」

雪谷は、頭を抱えこんだ。

そう言われてみて、千草も事の重大さに気づいた。事情は問わず、女と文通し合うということが問題にされる。まして文通の内容が、少女歌劇の消息ということになれば。

「返事など来るものか」

千草は強い声で言った。それ以上に慰めようがなかった。

「本当ですか」

「絶対に来ない」

千草は断定的に言ったが、心の中では、女車掌のソバカスの顔を思い浮かべ、〈絶対によこすな〉と祈っていた。

捜索は二時間にわたって続けられたが、ついに黒宮の行方はわからなかった。

暗い夜空の果てが、大阪の方角だけ赤く染まっていた。空襲の余燼《よじん》ということであった。

五

七月に入ると、毎日、暑い日が続いた。

その炎天の中で、千草たちの分隊もときに作業に出されるようになった。

作業もさまざまで、松根掘りもあれば、三田《さんだ》の丘陵に貯蔵庫だという大トンネルを掘らされにもやられた。そうしたときには、十四期生が監督代りにやってきた。

ある日、伊《い》丹《たみ》飛行場の掩体壕《えんたいごう》構築に出かけるとき、やってきた十四期生を見て、千草と雪谷は顔を見合わせた。遊園地で少女歌劇のことを聞いた春日井であったからだ。

春日井は、千草の顔をおぼえていた。スコップをかつぎ、千草と並んで歩いた。

宝塚の町を出はずれるとき、民家のかげで五つか六つの男の子が二人、手をたたいてうたっていた。

　わかいちしおの　どかれんの
　ななつぼたんは……

「聞いたか」

春日井が眉《まゆ》をくもらせた。

「若い血《ち》汐《しお》のドカ練の、と言ってたろう」

「はい」

「今日も掘る掘る……と続くんだ。町の若いやつらがはやらせた歌だ。口惜《くや》しいけど、おれたちは予科練じゃなく、ドカ練だ。きさまたちには偶《たま》のことだが、おれたちは毎日毎日土《ど》方《かた》に行く。十三期もそうだった」

「………」

「これでくさらなけりゃ、くさらぬ方がどうかしてるだろう」

千草たちは黙々と歩いた。口をきけば、空腹感に苦しむだけという思いもあった。

春日井が続ける。

「それでもまだ、おれは十三期がうらやましいと思ってる。十三期は軍人らしい軍人に鍛えられたが、おれたちのころには、もう室兵曹ぐらいしか居なかった」

「………」

「十三期が憎いか」

「いえ……」

「中には意地の悪いやつも居るだろう、飛行機に乗れず、特攻にもなれず、ドカ練ドカ練といわれていれば、おもしろくもないからな。……それにしても、彼等はよく鍛えられてきた。気合いが入っている」

「それは、たしかに……」

「凛々《りり》しいと思うだろう。きさまたちも、いつかああなるのだと思って、がまんするんだな」

そのとき、急に空襲警報のサイレンが鳴った。

各分隊は、スコップをかついだまま、道路脇の溝や壕に飛び散った。

爆音がすぐ迫ってきた。艦載機のようであった。

「あ、電車がやられる」

誰かが叫んだ。

のび上ると、畠《はたけ》の続く向うに、二輛《りょう》編成の阪急《はんきゅう》電車が止まり、そこからクモの子を散らすように人影がとび出していた。

その上に、黒い大きな翼をひろげ、グラマンが襲いかかった。

爆音と爆発音が重なり、千草は思わず眼を閉じたが、次に眼をあけてみると、電車は黒い煙を吐いて燃え出していた。

電車は郵便物も運んでくる。女車掌から雪谷宛の手紙がもしそこに在るのなら、いっしょに燃えてくれと思った。

何日経っても、女車掌からの返事は来なかった。心配していたのに来ないとなると、雪谷は少々がっかりした様子でもあった。

空まで燃えているような暑い日が続いた。

もともと冷房を前提とした建物である大劇場の中は、暑苦しかった。その上、蚊が舞いこんで熟睡できず、夜が明ける毎《ごと》に疲れが残って行く感じであった。

涼しい満州から来た千草、雪谷、鮎川たちには、その暑さはとくにこたえた。

訓練は相変らずはげしく、罰直はきびしかった。

ある日、千草たちの分隊は、阪急電車の線路沿いの野原で、昼食後の休憩をとっていた。

午後の課業は手旗信号である。「電気風呂《ぶろ》」などの罰直もまじえて、また長時間、炎天にさらされるかと思うと、誰もが声も出ぬほどげんなりしていた。

松林越しに、航空隊の軍艦旗が小さく見える。油蟬《あぶらぜみ》がしきりに鳴いていた。

物うい車輪のひびきが、レールを伝わってきた。

ふいに、室兵曹が大声でどなった。

「待てい！」

声と同時に、兵曹は駈《か》け出していた。

その先を見て、千草たちは顔色を変えた。鮎川が線路に向かって走り出していたのだ。

電車が来た。

鮎川は両手をそろえると、まるでプールにでも飛びこむようなフォームで、電車めがけて身を投げた。

多勢の眼の前での一瞬の出来事であった。

帰隊して手箱など調べてみたが、遺書らしいものは何もなかった。強いて自殺を動機づければ、その午後に鮎川の不得手な手旗信号があるということぐらいであった。それだけの理由でも十分に自殺の動機となり得る鮎川たちの年齢であった。

「おれ、昨日あいつと浴場で痣《あざ》の比べっこをしたんだ」

雪谷が千草に言った。まわりにひとが居るときは、同期の軍人らしい口調になる。

棍棒《バッター》で撲《なぐ》られた青い痣は、練習生たちの勲章でもあった。がまん比べをするように、その大きなのを自慢し合った。

「おれとあいつは、同じような痣だった」

つぶやいてから、雪谷は顔を上げた。白い華奢《きゃしゃ》な顔に血を上らせ、

「だけど、おれはあんな死に方はしないよ。敵を二機でも三機でもやっつけてから、死ぬんだ」

〈死ぬな〉

という言葉が、千草の咽喉《のど》もとまで出かかった。

〈おれが代りに四機も五機も撃ち落として、死ぬから〉

同期とはいえ、何としても、たよりない。戦場では不覚をとり、足手まといになることはないか。

それに、こうした稚《おさな》い連中に先に戦死されては、おれたちが死場所に困る。死を賭《か》けて戦わなくても、海軍には他にいくらでも仕事があるはずだ。

鮎川も十四歳であった。

そのふいの死の報《しら》せを、新京で法官をしている父親は、どんな思いで受けとるであろう。父親は死因について説明を求めてくるであろうが、そうした父親を納得させることは誰にもできまい。

ガラスの細工物がふいに床から落ちてこわれてしまったような、あっけない死に方である。

まわりに仲間が居なくなったところで、千草は雪谷にささやいた。

「死ぬくらいなら、脱走すればいい」

「とんでもない」

雪谷は形のよい眉をつり上げた。

「しかし、死んでしまえば、何にもならぬ。もうチャンスはないから。生きてさえいればいつだってお国のために尽くすことができる」

雪谷は声をひそめて訊《き》き返した。

「脱走してどこへ」

「それは……」

千草は答に窮した。本心から脱走をすすめたわけではなく、〈死ぬな〉という意味で言っただけであったから。

大阪出身の黒宮はじめ、内地から集まっている連中なら、土地勘もあり、どこかにひそむ場所を見つけることができるかも知れぬ。

だが、満州から来ている者には、どこにも逃げ場はない。

「変なことを言わないでくれよ」

雪谷は、顔を赤くして怒った。

それから三日後、珍しく夕食に羊羹《ようかん》がついた。

入隊して一ヵ月目に当り、二等飛行兵より一等飛行兵へ昇進したお祝いだという。

食卓を囲む顔は、明るかった。

どこへも脱《ぬ》け出せない蟻地獄《ありじごく》の中でもがいていると思っていたのに、海軍はおれたちのことを忘れていなかったという気がした。約束通り昇進させ、乏《とぼ》しい中から御馳《ごち》走《そう》までしてくれる。

雪谷も、よく食べた。

ときどき下痢をしていたようだが、下痢に構わず、下痢に負けず食べた。食べなければ、体が保《も》たない。

甘くもない羊羹をかじりながら、眼を輝かせ、

「ばかだな、あいつ」

と、鮎川のことを思い出して言う。

「自殺なんてすることなかったのに」

「そうだ、全くそうなんだ」

千草も声に力を入れて答えた。

「何も心配することはない。ただまじめにやってさえいれば」

次に三カ月経てば、またお祝いの御馳走が出、今度は上等飛行兵になる。そして、一年経てば、飛行兵長に。

早い昇進の階段が目に見えている。三段跳びのように、その階段を上って行くまで

だ。

上って行く中に、罰直はみるみる減り、課業も楽になって行くであろう。そして、いまの十三期のように、部下を持つ凜々《りり》しい下士官に成長して行くのだ。

もっとも、その先のことは考えない。階段の上の方は、雲の中にかすんでいる。何千何万という予科練が、階段の上の方までどんどん上って行けるわけがない。先はふっととぎれて雲に消えてしまう階段である。雲染む屍《かばね》となる階段。それだけに早く上れる階段でもあるのだが、いまはただ一段上ったことが、無性にうれしかった。

六

黒宮の脱走、鮎川の死と続いたが、室兵曹はじめ下士官たちは、その後もまるで表情を変えず、はげしい訓練きびしい罰直を続けた。

二人のことについては、下士官たちはほとんど触れることがなかった。まるで最初からその二人が存在しなかったような、あるいは中途で消えることが予定されていたとでもいうような顔であった。

室兵曹が、一度だけ注意した。

「きさまたちは、まだ子供だ。出来心というものがしのびこむ。それを防ぐにはどうしたらよいか」

室はけわしく眼を光らせ、一同をにらみ渡した。部厚い体がのしかかってくる感じであった。

「答は簡単だ。海軍精神をつめこむ。海軍精神が内に充溢《じゅういつ》していれば、出来心のつけこむ隙はない！」

室は大喝《たいかつ》した。練習生の胸の中にひそむ出来心の種をたたき出さんばかりの大声であった。

千草は、鮎川の自殺行を発見したときの室の大声を思い出した。

あの現場には、下士官も練習生も多勢居た。その中で、遠くに居た室兵曹だけが鮎川の異常に気づいた。春日井が言うように、いつも練習生の動静に気をくばっているせいであろうか。

室兵曹は、機関車のように先頭に立って演習場へ向う。油照りの暑い日も驟雨《しゅうう》の中も、勢いよく駈《か》ける。千草たちは、歯をくいしばって続く。目に見えぬ鋼鉄のレールが敷かれていて、その上を走って行く列車であった。

辛《つら》いことには変りはないが、それがたのもしく思えるときもあった。そう感ずる自分が、また、うれしくもあった。自分の中に〈帝国海軍〉が育ちつつある——。

「きさまら、女って、どんなものか知ってるか」

休憩時間、演習場の松林の蔭《かげ》に練習生を集め、今度は平沢二飛曹がわざと押し殺した声で話し合う。

「おふくろのしなびたおっぱいしか知らぬだろうが、おっぱいだって、お椀《わん》を伏せたようなのもあれば、つい、この前はこんなのも見た」

と、手で形をつくって見せる。

おれはきさまらとちがって大人なんだぞ、という顔である。

消耗がはげしいので、千草たちはそんな話にも少しも興味は湧かぬが、みんな、おとなしく聞く。

平沢二飛曹がそういう話をするのは、機嫌のよい証拠である。それに平沢は、そうした話で練習生たちの気持を和《なご》ませ、妙な出来心を起させまいとしているようでもあった。

「特攻に行けば、おまえら子供にも、どかっと女の配給がある。そのときにうろたえぬように、教えておいてやるのだ」

それまでは生きろ。突っこむまでは生きていろ。いろいろおもしろいこともあるぞ。

「女には、においがある。いいにおいと思うだろうが、ところが、あれは一種独特で」

と、指を鼻先に持って行って、大げさに顔をしかめる。

練習生たちは、力のない声で笑う。

「女はただ横になっているだけじゃない。足をからめてくる。どんな風にからめてくるかわかるか」

けだるい夏の昼下り。蟬《せみ》の声がしきりに降っている。

平沢は腕時計を見る。

「一言言っておくが、きさまらにチャンスがめぐってきても、素人《しろうと》女には絶対に手を出しちゃいかん。十日二十日で死ぬかも知れんのに、未練が起る。女も傷つく。飛行機乗りに娘は関係ない。おれが女からの手紙をやかましく言うのも、そのためなんだ」

千草もうなずく。雪谷もうなずく。そんな話がふしぎにのみこめる気がする。〈海軍軍人〉という大人に急速に近づいているのだという気がする。――

「飛行機乗りだって？　十三期は相変らず威勢がいい。夢を見てるんだな」

烹炊所《ほうすいじょ》の近くで十四期の春日井に会った。大阪へ焼跡整理に行かされていたのだと、煤《すす》と泥で汚れた顔をしていた。

「飛行機がいったいどこにあるんだ。きさまたち、この宝塚の空で日本の飛行機を見たことがあるのか」

千草は、首を振らざるを得ない。赤トンボさえ、ここには飛んでくることがない。

飛行機のない予科練、飛行機のない日本——これも満州に居ては予想もしなかった祖国の姿であった。

「特攻行きには、女の特配だって。それは、ありがたいね。けど、行けるものなら、なぜおれたちをドカ練にしておくんだ。特攻兵器そのものが間に合わなくなってるんじゃないか」

春日井の口調は、それまでとちがって荒《すさ》んでいた。十日ぶっ続けて土方仕事をやらされたという。荒まぬのがおかしかったが。

千草も気がめいった。

ドカ練にはなりたくない。早く死んでもいいから、前線基地へ。海軍軍人という大人になれるところへ行きたい。

七

突然、転属の命令が出た。分隊中、色めき立った。

行先は、淡路島南端。そこに新たに新兵器の基地がつくられる。新兵器は〇四《まるよん》艇と呼ばれる水上特攻艇らしいとのことだが、そのことに格別関心はなかった。

宝塚を出て、新しい基地へ行けるという変化が、うれしい。ドカ練となる運命も免《まぬが》れる。

大劇場の玄関で春日井に会った。こちらから切り出すより先に、

「おい、いっしょにやろう」

いきなり肩をたたかれた。先日とは別人のように、にこやかな顔をしている。

「どうしたのですか」

「おれも淡路へ行く。きさまたち十六期の班長になる予定だ」

「ほう」

千草は口をまるくした。

少し拍子《ひょうし》抜けする。まだまだ十三期に鍛えられたいという気もあるし、いっそ全く新しい上官に仕えたいとも思う。そのいずれでもないということが、何となく物足りない。自分たちも若いが、こんな若い班長でいいだろうかとも思う。

その思いをこめて、

「十三期は？」

「ここへ残る。いよいよくさるだろう。けど、十三期には次の連中をしっかり鍛えてもらわなくちゃいかんからな」

「…………」

「淡路はいいところらしい。海にとり巻かれて、鯛《たい》とタコとがたくさんとれるし、上等の寿司《すし》に使う米もできるそうだ。うまいものが食えるぞ。島というのは、別天地だからなあ」

春日井は眼を輝かす。その眼の輝きが、千草にもうつってきた。

仙崎に入港したときの美しい風景が、記憶によみがえってくる。濃い松と、緑の海と、おだやかな汀《なぎさ》。今度こそ、日本の美しさと豊かさに包まれて、あとしばらくの人生を送ることができる。

「いずれ向うで会おう。おれたちは先発する。きさまらの宿舎をあらかじめ設営しておかなくちゃならんからな。元気で来いよ。魚釣りなどしながら、待ってるぞ」

朗らかに言いすて、立ち去って行った。

汐風《しおかぜ》がもう匂うような気がした。

七月三十一日夜。

淡路転属の分隊員全員が、大劇場一階に集められた。

古い緞帳《どんちょう》が上った。とたんに練習生たちはいっせいにおどろきの声を上げた。

三十人ほどのすらりとした美しい女性が、舞台の上に並んでいたからである。小豆《あずき》色《いろ》の和服に袴《はかま》。

彼女たちは、そろって頭を下げた。

「おい！」

言うなり、雪谷が千草の膝《ひざ》をつねった。

「おふくろや姉に見せてやりたい。おれは宝塚でたしかに……」

「おれも妹に……」

「あの女車掌が聞いたら、うらやましがるだろうな」

ざわめきが止んだ。舞台の裾《すそ》に司令が立った。

「諸君らの壮途を祝して、今夜はとくに宝塚の女《ひと》たちが来てくれた。かつてここではなばなしく活躍していた女《ひと》たちである……」

司令の挨拶《あいさつ》の間、彼女たちの瞳《ひとみ》は、すっかり変わり果てた大劇場の中を見廻《まわ》していた。そして、熱狂的な少女ファンの溢《あふ》れた席に、軍服を着てきちんと坐《すわ》っている弟のような少年たちの顔を。懐しさととまどいとが、あわただしくその瞳の中に交叉《こうさ》する。

司令が去ると、舞台奥からひっぱり出されたピアノが鳴り出した。

「若鷲の歌」「空の神兵」「轟沈《ごうちん》」と、軍歌が三曲続いてから、「朝」「さくらさくら」

久しぶりの大劇場という思いと、幼い兵士たちを慰める気持が重なって、彼女たちは声を限りに、心をこめて、うたった。

照明は暗く、何の装飾もない舞台であったが、いつしか色とりどりの光のきらめきに満たされているような気がした。

千草たちは、静かな感激にとらえられた。日本。この女性たちとともに生きる日本という国。この国のために死ぬのだと、感慨をあらたにする。

「もう明日死んでもいい」

雪谷が眼をきらきらさせて言う。

「ばか言うな」

と叱りながら、千草も眼を輝かす。

彼女たちが最後にうたってくれたのが、「お山の杉の子」であった。

　むかし　むかしのそのむかし

　椎《しい》の木林のすぐそばに……

子供のうた。どこからか母の声でも聞えてくるような。

はりつめていたもの、耐えていたものが、この歌で最後にぐらりと来た。

雪谷が眼の縁をおさえた。

「どうした、泣いてるのか」

そう言っているはしから、千草も眼もとが熱くなった。

こんな歌に泣かされるはずはない。おれはちがうぞ、軍人は泣いてはならぬ、と思うのに、涙が吹き出てきた。

　小さな杉の子顔出して

はいはいお日さま今日は……

涙はぽろぽろこぼれ、膝を濡《ぬ》らした。

照明の暗いのが、幸いであった。

八

八月一日、宝塚出発の日である。

朝五時の総員起し、整列、点検、甲板掃除……。すべては規律正しく敏速に進んだ。

わずか二ヵ月の間にこうまで変わったのかと思われるほど、きびきびと体が動く。

八時、軍艦旗掲揚。

朝日を受けながら松林の上に上って行く軍艦旗。胸の中にさわやかな風が吹き過ぎる。ふたたびこの地で軍艦旗を仰ぐことがあるであろうか。

いざ去るとなると、宝塚の地にも愛着が湧いた。

午前の課業は平常通り。午後の課業だけ短く打ち切られた。

十三期の下士官たちは残留するため、引率の下士官は、室兵曹はじめ四名ほど。それに、分隊長である大尉二名、分隊士の少尉二名。隊員二百名。

出発は午後八時。

衣囊《いのう》を担《かつ》ぎ、「帽振れ」に送られて、隊門を出た。平沢二飛曹が一歩前に踏み出て、大きく帽子を振った。

大阪へ来ると、闇の中に曠野《こうや》がひろがっている感じであった。

B29が、一機、三機の探照灯に白銀色に浮き出て、ゆっくり高空を旋回していた。灯火管制で暗い汽車は、十時、大阪を出て西へ向かった。

敵機は頻繁《ひんぱん》に来襲しており、瀬《せ》戸《と》内海《ないかい》航路は半身不随状態であった。わずかに夜間の宇高《うこう》連絡船のみが運行しているというので、四国を廻《まわ》り、鳴門《なると》海峡という最短距離をよぎって淡路の南端へ着くという旅程であった。

このため、二日分の携行食として、食パン三ケ、乾麺麭《かんパン》三袋、米五合を渡された。

空襲をやり過すためか、列車はときどき名も知らぬ駅で長い時間とまっては、また思い出したように息せききって走った。

ほとんど誰も眠らず、外の気配に眼と耳をすました。

岡山を経て宇野《うの》に着いたのは、深夜であった。

連絡船に乗り、全員救命具をつける。眼のいい何人かが選ばれて、甲板上の見張りに加わった。

途中何事もなく黒い海を渡り、高松《たかまつ》に着いた。

八月二日。

鳩色の夜明けの中を、高徳《こうとく》線の列車は動き出した。専用の車輛《しゃりょう》はなく、一般客も乗りこんできている。

「おれ、腹が減ってしまった。朝飯まで待って居られないよ」

雪谷がいたずらっぽく下士官たちの居る方角をうかがってから、食パンをとり出した。小さくつまんでは、口に入れる。

「時間外に食うなんて、中学時代を思い出すなあ」

はしゃいだ口調で言った。

久しぶりの旅行が、十四歳の心をはずませているようであった。まるで遠足気分だと、千草は思った。

内地へ渡って来るときも、カリン糖など出して遠足気分であった。その気分で送り出した雪谷の母親は、いまごろ息子のことをどんな風に案じているだろうか。

「あ、女の駅員さんだ」

雪谷が高い声を立てた。

小さな田舎駅のホームに、防空頭巾《ずきん》を背負った若い女性が立って、手を上げていた。

雪谷が手を振ると、いつまでも手を振って見送ってくれた。

次の駅でも、また同じ光景が見られた。

「感激しますねえ」

そんなことを言いながら、雪谷は食パンをかじり続けた。

約二時間かかって、池谷《いけのたに》に着いた。

鳴門線に乗り換えるわけだが、二百人の隊員がホームに居ては目立つ。接続列車の来るまで、駅前の小さな劇場に入って休憩した。

古い桟敷《さじき》式の小屋で、畳は醤油《しょうゆ》色にやけていた。いつも締め切ってあるせいか、大きな藪蚊《やぶか》がたくさん居て、仮眠もできなかった。

その中《うち》、昼食時間になった。

各自の携行食をとるわけだが、このとき、室兵曹が舞台の端にとび上って、くぼんだ眼で全員をにらみつけた。

「きさまらの中で、わずかの間に娑婆《しゃば》の風に馴染《なじ》んで、勝手に携行食に手をつけたやつが居る。軍人たる者が、上官の命を待たずに食糧に手をつけるとは何事だ。たとえ乾パンひとつでも許さん。食った者は手をあげろ」

室兵曹は肩を怒らせて言った。

雪谷は蒼《あお》ざめた。だが、観念したように手をあげた。

挙手したのは雪谷だけでなく、かなりの人数に上った。

室兵曹はその数を分隊別に数え、違反者の少い分隊から先に乗船させると言った。

「どんな目に遭うかと思ったけど、ほっとしたよ」

雪谷は細い首を撫《な》でた。

鳴門線で撫養《むや》へ。その夜は海岸近くで露営した。涼しく、波の音が子守唄《うた》に聞えた。

八月三日。

三十五トンの機帆船住吉丸は、十時、撫養の波止場を出た。

石炭やバラ荷を露天のまま積む代りに、百名の練習生を甲板いっぱいにぎっしり乗せた。

乗組員は、船長・機関士の二人。二人の居る機関室寄りに、分隊長・分隊士・室兵曹の三人が立った。

すでに警戒警報は出ていた。だが、このころ警戒警報はひっきりなしに出ており、気にかけていては、動きがとれなかった。

対岸の淡路島阿那賀までは約一時間あれば着く。鳴門の渦汐《うずしお》を横目に見ながら、船は走った。

間もなく空襲警報が出たが、すでに海峡の中央に居た住吉丸としては、渡り切る他はなかった。

空襲警報は広範囲にわたって発令される。必ずしもそこへ来るわけではなく、まして小さな機帆船一隻をめがけて襲ってくることもあるまいと思われた。

焼玉エンジンの音をひびかせ、住吉丸は北に浮かぶ淡路の島影めがけて急いだ。あと二十分。

そのとき、グラマン一機が北西から舞い下りてきた。諜報《ちょうほう》で知っていたのか、それとも動くものは獲物と思ったのか、まっすぐ住吉丸に狙いをつけて迫ってきた。

轟音《ごうおん》とともに、その機関砲と六門の機銃がいっせいに火を噴いて襲いかかった。

住吉丸には、交戦すべき武器は何もなかった。小銃一挺《いっちょう》さえない。

船の中央をまっすぐ縦に掃射して、グラマンは通り過ぎた。

分隊長・分隊士・船長・機関士すべてがなぎ倒され、室兵曹もやられた。残るのは、指揮系統を失った少年兵ばかり。

「分隊長！」

「班長！」

そうした叫びに応《こた》える声がない。

機関室は火を吐き、黒い煙を上げはじめた。

火を消すか、海に逃げるか。千草は立ち上ろうとしたが、体が動かない。

そのとき、グラマンが反転して、また襲ってきた。

弾丸がミシンの針のように船を撃ち抜いて行く。

目の前で雪谷が倒れた。同時に、千草も左足を撃たれた。

痛みをこらえて眼を開くと、誰もが血の海の中でもがいていた。顔半分えぐられた者、腕をもがれた者……。

　雪谷は、紙のように白い顔で、舷側《げんそく》に横たわっていた。眼はもう何も見ていない。

「雪谷！」

　千草は声をふりしぼった。

　雪谷の片手が舷側に這《は》い上りかけて、動きを止めた。

「……おかあさん」

　かすれた声がきこえた。

　グラマンは、とどめをさすように、もう一度、襲ってきた。

九

　阿那賀の海岸では、村人や先発の春日井たち十四期生が、グラマンの襲撃をはらはらしながら見守っていた。そこにも、対空火器ひとつなかった。

　黒い煙を上げながら、住吉丸は鳴門の方へ流されて行く。

　グラマンが遠ざかると同時に、警防団員らがとびのり、船が出された。

　住吉丸に綱をかけて曳航《えいこう》し、海に落ちた練習生を拾い上げる。すでにほとんどが息絶えていた。

黒い油と血にまみれながら、次々と岸に上げられる死体と重傷者。死体と思って並べられた中から「おかあさん」といううめき声が聞える。

「こんな坊やを」

と、村の女たちが泣きながら走り廻《まわ》る。

春日井は、死者の中に、いつか遊園地で会った雪谷を見た。

水なのか涙なのか、眼尻《めじり》にきらりと光らせたまま、血のにじんだ唇《くちびる》を閉じていた。

負傷した千草にも会った。

「自分は大丈夫です。戦友を、戦友を……」

と這い廻っている。

無傷なのに、腰が抜けて動けなくなっている少年も居た。

警防団員の声に、何度目か戸板を持って船に走ると、室兵曹であった。

眼を開いて、舷側によりかかっている。なにもいわない。声をかけても答えない。

戸板にのせようと、背に手を廻して、はっとした。背の肉がなくなっていた。

重傷者は戸板で山道を福良《ふくら》へ、さらに洲本《すもと》の病院に運ばれた。

阿那賀の寺の境内には筵《むしろ》が敷かれ、八十二の遺体が並べられた。住職や村人の手厚い回向《えこう》を受けてから、海を見下す鎧崎の中腹に、五、六体ずつまとめて仮埋葬された。

携行食を食べた練習生の多い班から成る百名は後続組として、撫養海岸で次の便船を待たされていて、命びろいをして、翌日の夜、淡路に着いた。

基地建設はとりやめとなり、百名は千草たち生存者とともに、海防艦が和歌山へ運び、そこから陸路、宝塚の原隊へ戻った。終戦の五日前のことであった。

「おめおめ生きて帰って来やがって。この穀《ごく》つぶしめ」

千草の顔を見るなり、平沢二飛曹がどなりつけた。教員生活にくさっている平沢には、いったん特攻基地へ赴《おもむ》きながら引き返してきたそのことが、何より情なく映ったようであった。

宝塚航空隊では、軍艦旗を半旗にかかげて、航空隊葬が行なわれた。軍人生活わずか一ヵ月半、原隊を出て三日目の戦死。しかも、終戦は目前に在《あ》った。

戦後、悲劇を知った遺族たちが鎧崎の仮埋葬地を訪ねてくるようになったが、正式に掘り返すことを許されたのは、昭和二十三年のことであった。

遺骸《いがい》はすべて白骨化していた。

だが、親は頭の形や歯ならびに記憶があり、そうした同じような白骨の中から、自分の子供を選り分けた。

土のついた頭《ず》蓋骨《がいこつ》をそのまましっかり胸に抱えこむ母親もあった。毎日ここへ来たいと泣く親もあった。

十

彰忠碑の除幕式があってから二年と経たぬ中《うち》に、その同じところで、また盛大な除幕式があった。今度は深江社長の孫が幕をひき落した。建立されたのは、金色の観音像。名づけて慈母《じぼ》観音。彰忠碑は墓地の片隅に退き、その場所に立って、八十二の墓に向かって、やさしく両手をさしのべている。

「おかあさん」と呼んだ声は、村人にも、春日井や千草ら関係者の誰の耳にも、いつまでも強く灼《や》きついていた。話を聞いた人の耳にも灼きついた。

ありきたりの彰忠碑だけではかわいそう、という声が起った。

少年たちの欲しかったのは、勲章でも顕彰でもない。すでに母の手に帰った少年の霊もあるが、外地から来たせいか、未《いま》だに遺族のわからぬ少年も少くない。それら少年の霊に、永遠に母の安らぎを与えたい。

海の中の島は、母の島であった。島の人が動き出した。深江社長とその友人で同じ島出身の銀行頭取も動いた。もちろん、春日井も千草も生き残った仲間たちも「母」を呼びに走った。

そのあげくの建立であった。

今度の除幕式には、少女歌劇団の参加はなかった。「母」さえ居るなら、もう彼女らが慰めに来る必要はない。「お山の杉の子」の歌も要らない。

軍艦旗と永遠の母に守られ、少年たちの霊は海を見下す丘で眠り続けている。

あとがき

この作品の主題は、私にとって一番触れたくないもの、曖昧なままで過してしまいたいものでありながら、同時に、触れずには居られぬ最も切実な主題であった。「皇太子とは自分にとって何であるか」——この問いを除外しては、私自身の生の意味を問うことはできない。世代にこだわる訳ではないが、私の世代の多くの人々もこうした感じを抱かれると思う。

右は、この本の初刊本（一九五九年一月刊）につけたあとがきの中の冒頭の一節である。

これは、私小説ではないが、私の青春も、これに近い体験の中に在った。

ただ、それが、私個人のものというより、程度の差こそあれ、同時代のひとびとに共通した体験であり、また、時代の証言にもなることを思うと、私はこれをいつまでも語り伝えねばならぬ義務のようなものを感じる。

これは、いわゆる天皇体験に関する書として、日本というものを考える一素材にもなるが、また、一般的にいって非常事態と青春の問題として、とらえることもできる。つまり、これもまた、ひとつのまぎれもない青春の在りようであったということで、若い読者の方たちにも、読み、そして考えていただけたらと思う。
『軍艦旗はためく丘に』は、『大義の末』よりもさらに稚い青春の姿をえがいたものである。

城山三郎

解説

佐高信

『サンデー毎日』の２０２０（令和２）年の２月23日号で私は「絶対に形の崩れない男」という視点で城山三郎《しろやまさぶろう》について書いたが、驚くほどの反響があって、衰えぬ城山人気を知った。

　城山が亡くなって、もう13年になる。２００７（平成19）年５月21日に開かれた「お別れの会」で私は辻井喬《つじいたかし》こと堤清二《つつみせいじ》や渡辺淳一《わたなべじゅんいち》と共に弔辞を読んだが、この会には中曽根《なかそね》康弘《やすひろ》や小泉純一郎《こいずみじゅんいちろう》も参加していて、私は彼らにぶつけるように「城山さんを語る時、勲章拒否と現憲法擁護の二点だけははずしてほしくない」と強調した。

「戦争はすべてを失わせる。戦争で得たものは憲法だけだ」と城山は口癖のように言っていた。

　紫綬褒章《しじゅほうしょう》を断る時、城山は「おれは国家というものが最後のところで信じられないのだ」と胸中の思いを吐露しているが、17歳で〝志願〟して海軍に入った城山は、皇軍、すなわち天皇の軍隊というものがどんなものかをしたたかに思い知らされ、国家に裏切られたという痛みを終生消せなかった。また、自分は〝志願〟したと思ったが、あれは志願ではなかった、言論の自由のない天皇制ファシズム下の当時の社会が〝強制〟したのだと悟って、その傷を抱えたまま戦後を生きたのである。

そんな城山が、信じてしまった少年の自分に復讐《ふくしゅう》するように、あるいは精神の火傷《やけど》を負った自らの青春を切開するように書いたのが、この『大義の末』である。城山にとって、これは書かずにはいられない作品だった。文字通り、城山文学の原点であり、最重要の小説である。

この作品は、城山の分身ともいえる柿見が、杉本五郎という中佐によって書かれた『大義』を信じて軍隊に入り、前歯を折る場面から始まる。銃を持って転びそうになった柿見はとっさに銃をかばい、顔を岩にぶつけた。

「陛下の銃」だから疵《きず》をつけてはいけないと思ってである。しかし、そりゃ、陸さん（陸軍）のことだ、と上官に軽くいなされる。

そんな理不尽ばかりで埋めつくされた軍隊から帰って、柿見はうまく戦後に適応できなかった。適応できなかったのは柿見だけではない。

同郷の戦友、種村は死んだが、還《かえ》って来ない息子の年の数だけ、寺の住職夫人の母親は鐘を撞《つ》く。毎日5時と10時に19撞くのである。還って来たのに首を吊《つ》った小島という同級生もいた。

次の柿見の述懐は、そのまま、17歳で敗戦を迎えた城山の述懐であるに違いない。

「生きていていいのか。後めたくないのか。終戦前は生きているということが負債であった。だが、いま、種村が死に、小島が死んだ後で生きていることには、まあたらしい罪のにおいがした。生きて行こうとすることが、あばずれのわざに見えた。これから先の一生、いかに善く生きようとも、種村や小島、死んでしまった奴にはかなわない気がした。そして、実際に生きるめやすもなかった。無限の休暇の中で身も心も惚《ほう》けて、やがて、はるかな空にうすれて行くのだ」

「あらっ、また、柿見さんとつきあってる」

城山は新婚時代に夫人にこう言われながら、『大義の末』を書いた。作中で柿見は天皇制を次のように断定する。

「天皇というものは、支配権力にとって実に便利な存在だからな。国民の総意を代表し、それを越えた存在ということにしておけば、たとえ自分たちが不都合なことをしても、天皇の意志だと責任を逃れられる。国民の批判を無視することができる。世論にすり代り、世論をおさえつける権威――天皇元首説がまた出てくる筈《はず》だ。しかも、憲法改正ということで再軍備と結びついて。……国防などと言ったって、結局、そのときの政治権力を守るだけ。国民は狩り出され殺される。そんなとき、一番適当な冠が天皇制だ。天皇という一語ですべてが正当化される」

種村の母の住職夫人は、昔は境内で子どもたちが遊んでいるのを喜んでいた。しかし、息子の死の後、どんなに子供会や婦人会から頼まれても、子どもの姿を見ると追い出してしまうようになった。そんな母親を見ながら、種村の妹が語気を強める。

「愛国心などと言い出す人を見ると、そんな人は戦争でただ得だけしてきた人じゃないかと、にくくてなりません。どれだけ兄のような犠牲を見れば気が済む人なのかと……。みんなが幸福にくらせる国をつくれば、黙っていたって愛国心は湧いてくるじゃありませんか」

その通りだろう。愛を押しつけるとはストーカー行為にも似て不粋の極みであり、押しつけられた愛国心がどんなに歪《ゆが》んだものになるかはあの戦争で十分に学んだはずではなかったか。

『大義の末』が出たのは１９５９（昭和34）年だが、それから40年余り経って城山は２００１（平成13）年に『指揮官たちの特攻』（新潮社）を出した。

「これが私の最後の作品となっても悔いはない」と宣言しているこの作品は『大義の末』の続篇と見ることもできる。

これを城山はうなされながら書いたという。神風特別攻撃隊の第1号に選ばれ、レイテ沖に散った海軍大尉、関行男は、それを命じられて「ぜひ、私にやらせてください」と言ったように伝えられているが、実は、「一晩考えさせてください」と応《こた》えたのだった。

　そして、自分よりさらに若い搭乗員を気遣いながら、こう呟《つぶや》いたという。

「どうして自分が選ばれたのか、よくわからない」

　亡くなって「軍神」と称《たた》えられ、関の母親も「軍神の母」と当時は賞讃《しょうさん》されたが、戦後は悲惨だった。敗戦によって、特攻隊員やその遺族を見る目が一変し、住んでいる家に投石された挙句に、大家から「即刻立ち退き」を迫られることになった。

　この『指揮官たちの特攻』を城山はどんな思いで書いたのか。作中に、父親と2人で自転車のペダルを踏む城山自身の姿がある。いや、城山家の姿である。城山はペンネームだから、杉浦家の姿と言った方がいいかもしれない。

「せっかく理科系への進学が決まり、徴兵猶予ということで、これでもう安心と思っていたのに、息子が自分からそれを取り消して、七つボタンの海軍へ志願入隊するとは。

　父は足もとが二つに裂け、声も出ない思いでいたのかも知れない。

一方、後になって妹から聞いたのだが、私を送り出した母は母で、その夜は一晩中泣き続け、一睡もしなかった、という。

　こらえていた悲しみが噴き上げたのだが、それだけでなく『なぜ息子の言い分に負けて志願を許したのか』と、父にきびしく叱責されたせいもあったのであろう。

あのクリスマスの夜から半年後、私のせいで、一転して家には暗い夜が続いて行くことに」

敗戦の前の年のその夜、父親を軍隊にとられた城山家では、母親に誘《いざな》われて、17歳の城山以下、弟妹たちが「聖《きよ》し此夜《このよる》」などの讃美歌を歌っていたのである。

「せっかく理科系への」には注釈が必要だろう。戦争を遂行するためには科学技術の振興が必要だとして、理科系の学校へ進んだ者は徴兵が猶予された。それで父親は、長男でもある城山にそちらを選択させたのだが、杉本の『大義』に煽《あお》られて、城山はそれをやめ、〝志願〟して海軍に入ってしまう。

城山はある座談会で「作家になろうと思ったのは、われわれの世代は戦争でひどい目にあってきた。軍隊という組織悪の標本みたいなものを身にしみて体験してきたから、そういうものを書きとめ、書くことによって復讐したいという気がある」と語っている。

本文中には、きんたまのある奴が女の雑誌を読むとは怪しからぬ、支那、土建屋、百姓、アカ、気ちがい、気狂い、びっこ、不具者、乞食にも劣る、盲目的、出戻り、気ちがい婆さん、不具、ルンペン、未開の土人以下、土人、酋長、満州、満州国、土方、土方仕事など、今日の人権擁護の見地に照らして不当・不適切と思われる語句や表現がありますが、作品発表当時の時代的背景を考え合わせ、また著者が故人であるという事情に鑑み、底本のままとしました。

本書は、一九七五年八月に刊行された角川文庫を改版したものです。

大《たい》義《ぎ》の末《すえ》

新装版《しんそうばん》

城《しろ》山《やま》三郎《さぶろう》

昭和50年 8月15日 初版発行
令和2年 7月25日 改版初版発行
令和6年 3月10日 改版5版発行

発行者●山下直久

発行●株式会社KADOKAWA
〒102-8177 東京都千代田区富士見2-13-3
電話 0570-002-301（ナビダイヤル）

角川文庫 22249

印刷所●株式会社KADOKAWA
製本所●株式会社KADOKAWA

表紙画●和田三造

●お問い合わせ
https://www.kadokawa.co.jp/（「お問い合わせ」へお進みください）
※内容によっては、お答えできない場合があります。
※サポートは日本国内のみとさせていただきます。
※Japanese text only

ISBN 978-4-04-109591-1 C0193

JASRAC 出 2005392-405

◆◇◇

角川文庫発刊に際して

角川源義

第二次世界大戦の敗北は、軍事力の敗北であった以上に、私たちの若い文化力の敗退であった。私たちの文化が戦争に対して如何に無力であり、単なるあだ花に過ぎなかったかを、私たちは身を以て体験し痛感した。西洋近代文化の摂取にとって、明治以後八十年の歳月は決して短かすぎたとは言えない。にもかかわらず、近代文化の伝統を確立し、自由な批判と柔軟な良識に富む文化層として自らを形成することに私たちは失敗して来た。そしてこれは、各層への文化の普及滲透を任務とする出版人の責任でもあった。

一九四五年以来、私たちは再び振出しに戻り、第一歩から踏み出すことを余儀なくされた。これは大きな不幸ではあるが、反面、これまでの混沌・未熟・歪曲の中にあった我が国の文化に秩序と確たる基礎を齎らすためには絶好の機会でもある。角川書店は、このような祖国の文化的危機にあたり、微力をも顧みず再建の礎石たるべき抱負と決意とをもって出発したが、ここに創立以来の念願を果すべく角川文庫を発刊する。これまで刊行されたあらゆる全集叢書文庫類の長所と短所とを検討し、古今東西の不朽の典籍を、良心的編集のもとに、廉価に、そして書架にふさわしい美本として、多くのひとびとに提供しようとする。しかし私たちは徒らに百科全書的な知識のジレッタントを作ることを目的とせず、あくまで祖国の文化に秩序と再建への道を示し、この文庫を角川書店の栄ある事業として、今後永久に継続発展せしめ、学芸と教養との殿堂として大成せんことを期したい。多くの読書子の愛情ある忠言と支持とによって、この希望と抱負とを完遂せしめられんことを願う。

一九四九年五月三日

角川文庫ベストセラー

小説日本銀行

城山三郎

エリート集団、日本銀行の中でも出世コースを歩む秘書室の津上。保身と出世のことしか考えない日銀マンの虚々実々の中で、先輩の失脚を見ながら津上はあえて困難な道を選んだ。

価格破壊

城山三郎

戦中派の矢口は激しい生命の燃焼を求めてサラリーマンを廃業、安売りの薬局を始めた。メーカーは安売りをやめさせようと執拗に圧力を加えるが……大手スーパー創業者をモデルに話題を呼んだ傑作長編。

危険な椅子

城山三郎

化繊会社社員乗村は、ようやく渉外課長の椅子をつかむ。仕事は外人バイヤーに女を抱かせ、闇ドルを扱うことだ。やがて彼は、外為法違反で逮捕される。ロッキード事件を彷彿させる話題作！

辛酸《しんさん》
田中正造と足尾鉱毒事件

城山三郎

足尾銅山の資本家の言うまま、渡良瀬川流域谷中村を鉱毒の遊水池にする国の計画が強行された！　日本最初の公害問題に激しく抵抗した田中正造の泥まみれの生きざまを描く。

百戦百勝
働き一両・考え五両

城山三郎

春山豆二は生まれついての利発さと大きな福耳から得た耳学問から徐々に財をなしてゆく。株世界に規則性を見出し、新情報を得て百戦百勝。〝相場の神様〟といわれた人物をモデルにした痛快小説。

角川文庫ベストセラー

小説帝銀事件 新装版　松本清張

占領下の昭和23年1月26日、豊島区の帝国銀行で発生した毒殺強盗事件。捜査本部は旧軍関係者を疑うが、画家・平沢貞通に自白だけで死刑判決が下る。昭和史の闇に挑んだ清張史観の出発点となった記念碑的名作。

死の発送 新装版　松本清張

東北本線・五百川駅近くで死体入りトランクが発見された。被害者は東京の三流新聞編集長・山崎。しかし東京・田端駅からトランクを発送したのも山崎自身だった。競馬界を舞台に描く巨匠の本格長編推理小説。

軍師の境遇 新装版　松本清張

天正3年、羽柴秀吉と出会い、軍師・黒田官兵衛の運命は動き出す。秀吉の下で智謀を発揮して天下取りを支えるも、その才ゆえに不遇の境地にも置かれた官兵衛の生涯を描いた表題作ほか、2編を収めた短編集。

男たちの晩節　松本清張

昭和30年代短編集①。ある日を境に男たちが引き起こす生々しい事件。「いきものの殻」「筆写」「遺墨」「延命の負債」「空白の意匠」「背広服の変死者」「駅路」の計7編。「背広服の変死者」は初文庫化。

落差 (上)(下) 新装版　松本清張

日本史教科書編纂の分野で名を馳せる島地章吾助教授は、学生時代の友人の妻などに浮気心を働かせていた。教科書出版社の思惑にうまく乗り、島地は自分の欲望のまま人生を謳歌していたのだが……社会派長編。